愿美常驻人间

于荣旗 著

中国文联出版社

图书在版编目（CIP）数据

愿美常驻人间 / 于荣旗著. -- 北京 : 中国文联出版社, 2012.9 (2024.1 重印)
ISBN 978-7-5059-7722-8

Ⅰ. ①愿… Ⅱ. ①于… Ⅲ. ①中国文学－当代文学－作品综合集
Ⅳ. ①I217.2

中国国家版本馆 CIP 数据核字(2012)第 179831 号

著　　者　于荣旗
责任编辑　邓友女
责任校对　吉雅欣
装帧设计　马庆晓

出版发行　中国文联出版社有限公司
社　　址　北京市朝阳区农展馆南里 10 号　　邮编　100125
电　　话　010-85923025（发行部）　　010-85923091（总编室）
经　　销　全国新华书店等
印　　刷　河南美图印刷有限公司

开　　本　880 毫米 x 1230 毫米　1/32
印　　张　7.25
字　　数　169 千字
版　　次　2012 年 9 月第 1 版第 1 次印刷　　2024 年 1 月第 2 次印刷
定　　价　50.00 元

作者简介

于荣旗，别名莽野，远野，一笑；1951 年生，河南淮阳人；河南大学中文系毕业，高级讲师，河南作家协会会员。

曾在国家和省级报刊及网站上发表散文、诗歌、寓言、故事、小说、杂感、论文一百余篇；并写出人生感悟五百余条，部分感悟已被中国文联出版社出版的《人生智慧宝典·格言卷》和中央文献出版社出版的《中国当代人生格言》收录。

编著有《文学阅读与品味》一书。

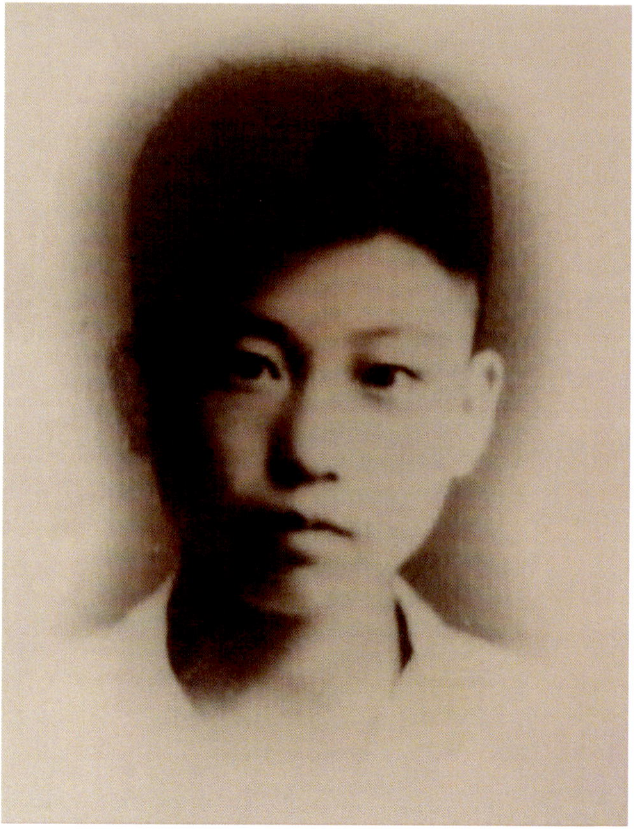

中学时期的作者照片

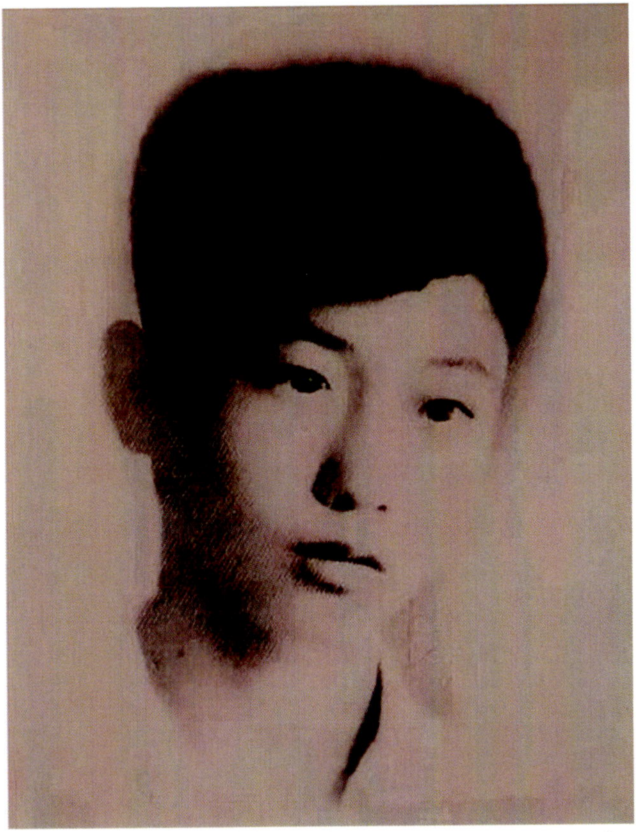

大学时期的作者照片

2006 年夏作者在北戴河

序 一

人生有一美文流传于世，足矣！譬如杜牧的《阿房宫赋》，范仲淹的《岳阳楼记》，朱自清的《荷塘月色》，其文采芳华，至理名言，沁人肺腑，千古不泯，让人每品辄醉。何也?一个字：美！

于荣旗的文集《愿美常驻人间》，亦倾情于一个“美”字。作者以朴实生动优美意赅的语言，或散文、或寓言、或杂感、或诗歌，像群星争辉，闪耀在诸多报纸杂志和网站上，给读者以美的享受。

在这些美文中，最使人陶醉的是散文《石榴》（被选入湖北省中学语文教材）。作者精选优美的短句，且用比喻、排比、重叠、连缀等手法，形象地摹写石榴花：“像小红豆，像红樱桃。花开了，一个个像吊盅，像喇叭，像小草帽，像小女孩的裙，艳艳的，满树火样的红。花瓣被阵阵的微风吹得如痴如醉，飘飘悠悠地洒在地上。”语言形象生动，恰似颗颗美丽的珍珠闪烁生辉。诸如此类的词句，文中比比皆是，确实为文章大为增色。优秀的文学作品是以语言为单位来评估其审美价值的，《石榴》堪称典范。

情节美和意境美是此文的又一特色。八月十五的晚上，月下，那慈祥可敬的奶奶给孩子们讲故事并分吃石榴的场面，那天真可爱的孩子蹦啊、跳啊、唱啊的欢乐情景，如同一幅鲜明生动、情景交融的生活画面，看后让人陶醉在美的意境之中。字里行间，洋溢着对真善美的尽情讴歌，抒发了对美好生活的憧憬。一篇千余字的短文，能够拥有这“三美”，大概是这篇文章被慧眼识珠选入语文教材的真正魅力吧。

《绿汪汪的回忆》（《治淮》1993 年第 6 期）是这本书的又一美文，曾于 1996 年被评为《龙湖》报征文一等奖。作者将珍藏于童年中的那“绿汪汪的”城湖中发生的往事，饱蘸着大自然的生态美、人情的美和生活的美，用动人的笔触和诱人的场景，一幅幅地呈现在读者面前，使人在美的愉悦中又受到了自然知识和渔猎知识的熏陶，并给人以无尽的遐想。尤其是文中的荷花姑娘，她热情、爽朗又聪明，小小年龄，就练就了一身划船、捕鱼、捉鸟的本领，这是“我”萦绕在“绿汪汪的回忆”中最难忘、最动心、最美好的童年往事。

散文《伟大的爱》记述了一桩桩一件件爱子故事。这些故事撼人心魄，催人泪下，使人难以忘怀。此乃人世间、自然界中伟大的爱。

寓言亦是这本书的经典内容，它们中有十多篇分别刊登于《中州今古》和《历史文化研究》，足可见其读存及美学价值。

作者以精辟简练的语言，运用借喻等手法，借此喻彼，借小喻大，通过讽刺和嘲笑，鞭挞假恶丑，歌颂真善美，寄托深刻的哲理。这些寓言，文字美，构思美，意蕴美，短小精微，读之如饮甘醇，不知竟醉。有人说，寓言是“理智的诗”，是“穿着外衣的真理”，读于荣旗的寓言，受益深矣。

优秀的文学作品是生活的真实和艺术真实的高度融合，是艺术美化的结晶。只要能塑造出感人肺腑、引发共鸣的美的人和事物，就能化为春霖，泽润万物，演化上升为意识形态中供人们分享的精神大餐；就能超越现实，超越时空，迸射出灿烂夺目的光彩，而成为艺术之典，活在人们的心里，生生不泯，流芳于世！

人类永远呼唤美！

愿美常驻人间！

沈达顺

2019 年 8 月

序　二

作者以机敏的目光对社会人生进行观察审视，以清新流丽，阳光明快，富有朝气的文笔将自己的所见所闻所感所想写成散文、寓言、故事、小说、诗歌、论文、感悟等。这些文字是对世上真善美的颂扬，无私奉献的讴歌，不良行为人的劝诫，丑恶现象的抨击；是教人向上向美向善的挚言。

其文字有的恢宏壮阔，大气磅礴；有的细致入微，惟妙惟肖。读后既给人美的享受，又给人深刻的启示，使人从中受益。

闻　苑

2012年3月

目 录

散　文

绿汪汪的回忆

小时候，我常去姥姥家。这并不是因为可以得到做客的优待，而是因为那里有很多我喜欢的小朋友，有我喜欢的望不到边的湖水。

那湖水碧透得一眼能看到底。湖里长着茂密的蒲苇，大片大片的藕莲，满布着水草。湖面上浮游着水鸟，划着打鱼的小船。湖岸边的树木也被湖水吸引得把身子倾向湖水，用那长长的枝条抚摸着湖面，湖里显现出一片片倒影。姥姥家的村庄就被葱茏苍翠的树木掩盖在这美丽的湖岸上。

小朋友们结伴在一起，用柳条编成圈儿，戴在头上当作防空帽，用绳子系着个长棍，挎在肩上当作枪，排着队雄赳赳气昂昂地走在湖边上，神气得像是巡逻的小战士。快乐的青蛙坐在湖边的草丛里搞歌咏比赛。当它们听到脚步声，便机警地沉默下来，而后敏捷地一伸后腿，“叭”，“叭叭”，都逃入了水中。待人们走远了，它们又开始了大合唱。

游泳开始了，大家一起跳进水里，边游边托着棍子，嘴里“呼——啪——”，“呼啪——”学着打枪的声音，比看谁游得快，看谁游得远。

有时我们也逮小鱼或捞蛤蛎。聪明的小鱼儿呀，顽皮地在水边游来游去，故意挑逗人。当你伸手抓它时，它便头一转躲进水里和你捉起迷藏来。但它们往往做了我们的俘虏。蛤蛎是些蠢笨的家伙，它们懒洋洋地躺在水底，一动也不动，你碰着它它也不跑，不费多大事儿就可以把它们捉上岸来。

那些日子，我常到荷花家去。

荷花的爸爸是个有名的打鱼能手，有着丰富的捕鱼经验。他划得船既快又稳。他根据水里冒出来的小气泡泡，就可以知道是大鱼或是小鱼，藏在什么地方，接着便紧握钢叉，“嗖”的一声，把那鱼叉了上来。

更使我有兴趣的，是他养的几只捕鱼的鱼鹰。那鹰长着双敏锐的大眼睛，长长的嘴巴，一身黑亮的毛。它在水里能看得很远，游得飞一样快，鱼要是碰到它，准跑不掉。它们都很听荷花的爸爸的话，要它们下水捕鱼就捕鱼，要它们上船就上船。一天我亲眼看见荷花的爸爸带着它们去捕鱼。那几只鹰规规矩矩地站在船头等候它们主人的命令。当船划到湖里时，荷花的爸爸一声号令，它们便像离了弦的箭一样射入水中。一会儿，一个个叼着鱼浮上水来，把鱼丢进船舱，又急入水中。要是有大的鱼，它们就“噢噢”地召集在一起，齐心合力地往船上抬，有意思极了。我很羡慕，也很想自己能驾着这样的鱼鹰去捕鱼。于是每当荷花的爸爸训鹰的时候，我就去学，有时还拿小鱼喂它们吃。荷花的爸爸大概知道了我的想法，拍了拍我的肩膀笑着说：“阿明呀，想养鹰是不是？”

我点了点头。

“等小鹰孵出来给你两只好不好？”

“好！”我非常高兴，说，“我一定好好地养着它，教它逮很多很多的鱼。”

捕鱼须得会划船。一天我邀荷花说：“荷花，我们划船去吧。”

“你会划吗？”荷花问我。

“会。”我说，“划船有什么难的？”

荷花笑了笑，把她爸爸划船用的篙和鱼叉拿了出来。我解开缆船的绳子，跳上船，拿着篙学着荷花的爸爸划船的样子，向湖里划了起来。本来我不会划，船在湖边直打转转，不肯向前走。我划了一会儿说：“咳，这船太不好划了！”

“哧哧……”荷花笑了起来。她接过我手里的篙说：“你坐下。”便用篙将船一推，船离岸丈把远。接着她将篙点在水里，拄着篙，从岸上轻轻一跃，身体在空中划了个弧形，稳稳地落在船尾，然后用力一划，小船就轻轻地向前移动了。她挽着袖口和裤腿，扎着两个小辫儿。脖子上系着的鲜艳的红领巾，随着她划船的动作在飘动，使她显得非常神气。她划得那样的轻松自如。我用赞美的眼光看着她问：“你是怎么学会划船的？”

“爸爸划船常带我去，慢慢就学会了。”荷花笑着说，“划船不得性急，要常常练。”

小船穿进了藕莲丛，清清的湖水溅在碧绿的荷叶上，像银球一样滚动着。荷叶间开放着不少的荷花，粉红的似胭脂，洁白的如玉，娇艳光鲜，像亭亭的美丽少女。从那嫩黄色的花蕊里散放出迷人的清香。从莲蓬里可以摘到很多的莲子，剥开来花生仁那么大，吃着又脆又甜。

在一片片没有蒲苇的地方，有不少的水鸟，黑的，白的，灰的，花的；大的，小的。它们有的一下子钻进水里，游了很远的地方才钻出来；有的扑扑棱棱从这边飞到那边。荷花告诉我：“那黑的是水鸭，白的是水娲，灰的是水鸡，小的是水雉”。那小水雉长了一身美丽的花羽毛，发出“吱吱叽叽”的叫声。它身体极轻，像我们在平地上一样，在水面的草上跑来跑去地寻觅食物。

在蒲苇茂密的地方，有不少水鸟用软草编织的窝，有的筑在蒲苇的半腰，有的建在水面上，里面下的有蛋。蛋有乳白色的，浅绿色的，还有带斑斑花点点的；大的有鸭蛋那么大，小的像珠子那样小。

小船轻轻地向前划着。在离船不远的地方，有几棵水草在颤动。“咚咚！”荷花在船板上跺了两下，那草立刻静了下来。只见荷花紧握钢叉，“嗖”的一声，向那几棵草的根部尽力地刺去，叉上来一条灰褐色的大花乌鱼。“这乌鱼专吃小鱼苗儿，碰到它必须得把它叉上来。这家伙可狡猾了，一听到响声，就潜伏在草丛里，你可不要以为它远跑了。”荷花说。

我望着船舱里蹦跳着的大花乌鱼，觉得荷花像她爸爸一样，已是一名捕鱼的能手了。

出了茂密的蒲苇，船向一片开阔的湖面划去。风从湖面上吹来，凉丝丝，软柔柔的，教人好舒服。我坐在船头，顺手向湖里扬起一串串水花。正当玩得高兴时，我们发现不远的小岛上有一只很大的鸟。那鸟，洁白的羽毛，长长的尖嘴巴，弯曲的长脖子，高高地立着一只腿，另一只腿蜷在肚子下面，一动也不动地站着。荷花说：“大人们叫它‘老等’，它老是站在水边等着，如有鱼儿游过来，它一伸脖子就叼住了。”

“快点划，看看是什么样的鸟。”我趴在船头，作着捕捉的准备。当小船快划到小岛时，那鸟大概以为我们是孩子吧，并没有怎么惊怕，只是扇着它那宽大的翅膀，伸出它那只蜷着的腿，向远处的天空飞去，渐渐地消失在空蒙蒙的淡蓝色的天际……

"唉，飞走了。"我惋惜地叹了一声。

"不要紧的，"荷花对我说，"咱们回去做个鸟笼，把小鱼放在里面，它要一来吃，就把它关在笼子里了。"

"好，"我又来了精神，说，"走，回去做去！"

……

开学了，荷花的爸爸的小鹰还没有孵出来，那鸟也不知飞到哪方去了，我恋恋地离开了姥姥的家。

读书，工作……二十多年过去了，许多事情经不起时间的考验，慢慢地淡漠了。然而那童年的伙伴，清清的湖水，至今却清晰地显现在我的脑子里，给了我绿汪汪的回忆。

1986 年 4 月

【注】此文发表在 1993 年国家水利部《治淮》第 6 期浪花集，1996 年 4 月 20 日《城湖开发报》上。

太昊伏羲陵庙会

黄淮平原的蔡水之滨，有座八百余亩的太昊伏羲陵园。

园内古柏森森，劲松叠翠，黑檀魁伟，巨槐葱郁……树木中，坐落着一片金碧辉煌的古建筑群：午朝门、玉带桥、道义门、先天门、太极门、钟鼓二楼、东西画廊、统天殿、显仁殿、太始门……与此相伴的有玉皇观、天仙观、女娲观、三清观、老君观、元都观、岳忠武祠……其建筑气势雄伟，巍峨壮观，多是飞檐挑角，琉璃瓦兽，龙滚凤舞，雕梁画栋。太始门后有座十丈余高的太昊伏羲墓，宛如一座山丘。统天殿中央端坐着眉善目慈，手托八卦太极图，若有所思的太昊伏羲圣像。好像伏羲仍在为人们的劳动生息操劳，施展着他的才能智慧。

相传，太昊伏羲为三皇之首，五帝之先。六千年前他曾在中华民族古老的生息繁衍地黄淮平原上，带领着先民们从事生产劳动，建都于宛丘（今河南淮阳）。他教民结网捕鱼，狩猎，驯养牲畜，并正姓氏，倡嫁娶，画八卦，刻书契，造琴瑟，兴礼乐……结束了我国穴居群婚，茹毛饮血的洪荒蒙昧时代，开创了中华早期的文明。

伏羲布圣德于天下，造幸福于万民。当地老百姓已记不起他是哪辈子的老祖先了，都称他为“人祖爷”。为了歌颂他的功德，早在春秋时期人们就在这里修庙宇，建陵园。自宋建隆年间，这里便兴起了每年农历二月初二至三月初三纪念太昊伏羲的盛大庙会，并延续至今。

农历二三月间，阳光明媚，暖气融融，水清草绿，树翠鸟鸣，花香蝶飞……河南、山东、安徽、江苏、湖北、山西、河北等方圆几千里来这里赶会的人每天二三十万众，港澳同胞，海外华侨也来此寻根朝祖，陵园周围十里的村村店店驻满了南船北马。陵园内外，一排排，一行行，帐篷千个，货物万种，全国各地的商品在这里大荟萃。各种服装布料，家具电器，农具车辆，日用杂货，条拧竹编，雕刻刺绣，鲜花首饰，刀枪戈矛，琴笛竽箫琳琅满目。商场内，男女老幼，摩肩接踵，熙熙攘攘，热闹非凡。售货员彬彬有礼，笑脸相迎，和悦地向顾客们介绍着商品；顾客们喜气洋洋，精心地选购着心爱之物……

商品中，值得一提的是驰名中外的淮阳“泥泥狗”。虽称作“泥泥狗”，而实际上是当地民间为纪念伏羲之妹“人祖姑娘”——女娲抟土造人造物，用胶泥摔揉搓捏成的小人、小兽、小禽之类的精巧玲珑的工艺品。有鸟、虫、鱼、蛙，猪、羊、鸡、狗，狮、猫、虎、豹、人面猴等一百多种式样。造型古朴，形态怪异，富有神话色彩，很像古书《山海经》里描述的各种奇禽异兽。用竹签在其顶部和腹部穿上孔，吹着喔喔作响。晾干后，根据其形状涂上红、黄、绿、蓝、白各种鲜艳的色彩，看上去活泼滑稽，非常逗人。大的几角钱一个，小的一角钱十多个，物美价廉。凡是逛会的人，不管是出于爱好、好奇，还是作为纪念，都要买一些带回去。特别是那些老公公老太太们，装满提包布袋，背背肩挎，一是回去作为礼物送给儿孙们，一是路上走村过店抛撒一些给村头路边玩耍的孩子们。对于他们，逛会回去的路上，没有孩子向他们讨要“泥泥狗”，则是最大的没趣。有的老公公碰到在村头路边玩耍的孩子，故意“喔喔”地吹起“泥泥狗”挑逗他们。当孩子们唱着“老公公，慢慢走，给把‘泥泥狗’，祝您活到九十九……”的儿歌围上去讨要的时候，就从布袋里抓起几把抛向孩子。孩子们争着，抢着，笑啊，吹啊，闹啊。老公公走了一程，又吹起了“泥泥狗”，引起孩子们追着要。这样嘻嘻哈哈，往往追了几程，老公公才开心地赶路。

大会期间，北京、上海、河南、山东、安徽、山西、江苏等省市的马戏、歌舞、戏剧以及广州、吴桥镇等著名的杂技也云集在此，为大会助兴。至于说书、弹唱、魔术、气功表演、动物训练、民间杂耍等摊点更是星罗棋布。各个大篷，锣鼓咚咚，号角阵阵，喇叭声悠，彩旗飘扬。他们各展技艺，明争暗赛。杂技篷里座无虚席，演员们的精彩表演，不时地赢得观众们的喝彩声。马戏场上，人围得更是密不透风。那高大的骏马昂首嘶鸣，扬起四蹄围绕着跑马场飞驰。山东健儿们飞身上马，有的横戈飞刀，使枪弄棒，好像古战场上冲锋陷阵的勇士；有的在马背上滚下翻上，拿大顶，翻筋斗，像是悟空献艺，观众们不住地拍手叫绝。

游乐场上，民间文艺也在为大会增锦添花。狮子摇滚着雄健的身躯，围绕着绣球起舞。竹马铜铃哐哐，变换着各种队形。高跷演员，有的装扮着古神话中的白蛇、许仙、悟空、八戒，表演着一出出戏；有的赶着毛驴，或推着小车像是送媳妇走娘家。“白胡子老公”娴熟自如地表演着各种划船的动作。小小花船里花枝招展的姑娘们，轻盈敏捷地随着“白胡子老公”划船的动作滑动着花船，小小花船似真的在清澈涟漪的水面上起伏飘荡。舞龙的小伙子们，个个汗水浸透了衣衫，但兴致不衰。

那长长的彩龙，被他们舞得精神抖擞，两眼闪闪发光，发出“咴咴咴”的嘶鸣，在空中翻滚着，像是腾云驾雾……

伏羲庙会这盛大欢乐的场面，无疑是当地人民富裕祥和的象征。而新中国成立之前的伏羲庙会，却又是另一番景象。

旧时，人们把伏羲当作神来崇奉，来此朝祖进香的人山人海。人们挤挤扛扛，轮番着向“人祖爷”叩拜。那些身裹绫罗绸缎高贵阔气的体面人，披红戴花，在唢呐锣鼓的吹奏下，仆役们簇拥着，向伏羲烧香焚纸，进楼进马，许愿上供，以求升官发财，长荣久富。那些身挂布衣干粗活的穷苦人家，也省下几个钱来，向伏羲烧一炷香，以求消灾祛病，保佑平安。这里整天香火熊熊，烟雾弥漫，每天焚烧的香灰竟得用大车往外拉。为了改变自己穷困的命运，或为父母孩子治病，有的人竟在距陵园十里之外，就虔诚地，一步一个头地，跪着，爬着，一直磕到统天殿太昊伏羲塑像脚下，磕到伏羲的墓碑前……在那些科技还没有唤醒人们头脑的年代里，人们无子，也请“人祖爷”帮忙。显仁殿东北角的一块基石上有个凹坑，被称为“子孙窑”。人们认为“人祖爷”显灵于此石，谁家无子，用手摸一摸“子孙窑”，回家后便可怀孕生子。于是天长日久，这块基石竟被那些求子心切的人用手指戳穿了。

旧时的伏羲庙会上，那些抽签的、卜卦的、揣骨的、看相的、悠坠的、拴娃娃的，多为愚弄百姓以骗取钱财。那些吹糖人的、拉洋片的、耍猴的、卖药的，则多为生活所迫，颠颠磕磕一路乞来。那些衣衫褴褛，蓬头污面的聋哑人、盲人、畸形人、乞丐等，有的跪趴在道边路旁，敲着破碗旧盆凄声向人们乞讨；有的额头青肿，流着鲜血，在地上“嘭嘭”磕着响头，以求行人同情可怜，施舍一口残饭剩水……其惨象使人心颤、不堪回首……

伏羲老祖用他超人的智慧和才能教导先民们结束了茹毛饮血的洪荒蒙昧时代，但在旧时，却无力拯救穷苦人脱离灾难，改变不了穷苦人的命运。

随着科技的发展，社会的进步，时代的变迁，今天，人们已从迷信中逐步醒悟起来，把伏羲由神当作了人，恢复了他本来的面目。人们仍敬重他，爱戴他，歌颂他，纪念他，并利用他遗留下来的文化，来发展我们的科学事业，为现代建设服务。如今的伏羲庙会业已演变成为物资文化交流大会，人们的娱乐场所。

1991 年 3 月

【注】此文发表在 1992 年 8 月 11 日《中国旅游报》锦绣中华专栏，1992 年《中州今古》第 6 期，1994 年 4 月 9 日《青年导报》上，在 1995 年 3 月 16 日国际儒道学术暨古伏羲女娲文化研究会上交流。

南海啊，祝你永远美丽

一九九七年五月十二日下午五点，我乘海南 196 号航班机从广东珠海飞往海南三亚。

刚登机，就听到迎候在机舱门口的空姐那轻柔亲切的款款细语："欢迎您乘坐本航班机到海南做客。祝您一路愉快……"在空姐微笑热情的指导中，乘客们有序地入位坐下。四点三十五分，飞机将要起飞，机舱广播里传来了："接到有关气象通知，因飞往三亚途中有雷雨，飞机暂不能起飞，请旅客们稍候。"空姐送来了《海南日报》和饮料，大家翻阅着报纸静静地等待着……

二十五分钟后，接到起飞的命令。飞机隆隆地进入宽阔平坦的跑道呼啸着腾空而起，舷窗外的山水迅速沉了下去，那山头上的云像一片片白色的纱越窗飘逝。

心往上掂，身往上浮，飞机穿过了云层。从舷窗里向外俯瞰，那一朵朵、一片片、一团团、一簇簇高低错落的云，像一朵朵白亮亮的牡丹，一团团白生生的棉花，一堆堆白皑皑的雪；像晶莹的冰雕，剔透的玉琢，亮洁的水晶；像游牧的姑娘在天上牧羊，矫健的小伙子骑着骏马在太空驰骋，雄壮的天狮昂首长啸；像一层层涛浪，一条条丘陵，一座座雄伟的高山。阳光从云隙间穿出，像从山上飞泻下去的瀑布……

厚云退去，剩下一堆堆稀疏落伍的云。偏西的太阳在太空中放射着它的光芒。天，高处湛蓝，往下毛蓝，翠蓝，淡绿，金黄，透明发亮，像纯净明澈的水。那稀疏的云，则成了这水中的蓬莱仙岛。

云朵退尽，天蓝蓝，海蓝蓝。海天相吻，相拥，相接，蓝成一片，蓝成一体，像用清水冲洗过一样，蓝得清澈透亮无一丝尘杂，蓝得融合了一切，充分显示出宇宙博大广阔的胸怀。只有那星星点点，像漂浮的水鸟一样的船只，才能辨明出哪是海，哪是天。

“旅客们，现在我们飞行在7800米高空，马上就飞入了我国的海南省……”广播里空姐的声音依然柔和亲切。

这时空姐给我送来了一杯咖啡。我呷了口，很甜，而空姐那亲切的微笑使人感到更甜。谈起海南，空姐介绍了当地的一些景点和风俗人情，并说：“海南，空气新鲜，海水清澈，是一方自然环境洁净优美的天地。这里全年气温在19℃~30℃之间，既无寒冷又无酷暑，四季花开，终年长青，是宜居之地；且土地肥沃，阳光充足，雨水丰沛，适应多种植物生长。盛产水稻、薯芋、花生、玉米、香蕉、甘蔗、菠萝、荔枝、芒果、椰子、槟榔、可可、橡胶……海南，3.5万平方公里陆地面积外，还有包括西沙、中沙、南沙群岛200多万平方公里的海洋面积。海洋里有着数不尽的鱼虾蚌贝……海南是旅游观光，投资开发的好地方。”

和空姐攀谈中，前方视野中出现了一片绿洲。空姐说：“海南岛到了。”

海南岛上，大部分被丛林和农作物覆盖。从上向下望去，青茵茵，绿莹莹，像嵌在巨大蓝水晶上的一块绿色翡翠。岛上那条条蜿蜒的道路，像条条飘动的白色绸带；那弯弯曲曲的水流，像随风飘忽的银线；那方方田地，像童稚在村边地头垒的瓜园；丛林中，那一幢幢红的、黄的、蓝的、白的、紫的新建楼房，像开在绿草丛中绚丽多彩的花朵…… 啊，我疑心这是仙子们用灵巧的手绣的瑰丽的绢画。

在夕阳的余辉中，飞机稳稳地降落在三亚机场。舱门打开，空姐微笑着频频挥手："走好，祝您顺利、平安……"在空姐的祝福声中，我走下舷梯，乘车驶入三亚这梦境般的城市。

我坐在车内，祝愿着："南海啊，永远美丽……"

1997 年 5 月 12 日晚于海南三亚

石　榴

我家的老堂屋窗前有一棵石榴树，据说是我爷爷小时候从野地里挪来的。树，碗口那么粗细，直直的干，高出房檐才长有树冠。

冬天，灰的树干，灰的枝条，在寒风中伸展着，摇曳着，抗争着……遇上雨雪，枝条上结成了冰，晶晶亮，像城里人吃的冰棒，压得树枝弯弯向下，我担心它会折下来。

春天来了，天暖了，气和了，冰消了，雪融了，风柔了……石榴树的枝条上慢慢地生出了一个个新芽，米粒那么大，嫩嫩的，红红的。芽伸展开来，抽出一片片叶，绿绿的闪着亮儿，像喷洒了层油。

麦含仁了，黄鹂和杜鹃唱着歌儿回来了。石榴叶间的枝条上长出许多小小的花蕾，像小红豆，像红樱桃。花开了，一个个像吊盅，像喇叭，像小草帽，像小女孩的裙，艳艳的，满树火样的红。花瓣被阵阵的微风吹得如痴如醉，飘飘悠悠地洒在地上，我家院子里铺上了红地毯，树枝上结出了一个个指头肚那么大的石榴。

浇水，施肥。树，叶子变得深绿，密密的，像撑起的一把绿色的伞，树上的石榴也渐渐地长大，变胖。

到了秋天，石榴像长大了的女孩，开始打扮起来，脸上涂上了胭脂，笑开的嘴唇上抹上了口红，一个个挂满了枝，缀满了梢，像开了一树大红花，像挂了一树小红灯笼。

记得我六岁那年的八月十五晚上，明月高高地挂在天空，照得我家院子里亮堂堂的。邻家的小朋友喜子、海棠、大牛来我家看愿月。

奶奶搬来一张小桌放在院子中央，把月饼、柿子、梨，还有从我家石榴树上摘的一篮大红石榴摆在桌上，燃上一炷香，对着月亮磕了几个头，嘴里念念地不知说了些什么，就叫愿月了。

我们问奶奶为什么要愿月？

奶奶说：“为了给天下人治病，保佑小孩子们泼辣[①]，大人们身体扎实，月姥姥天天在月宫门前的大桂树下杵药，辛苦着呢。这些月饼水果应让她先尝才是。”

我们仰望着月亮，隐隐约约好像看见有个老婆婆在一棵大树下，一上一下地捣着什么，大概是奶奶说的月姥姥在那里杵药吧，于是我们对月姥姥多了几分敬重。

小朋友们围着小桌蹦啊，跳啊，唱着奶奶教的“月姥姥，黄澄澄，俺上姥姥家住一宗[②]……”那些陈年的儿歌，等待着分享月姥姥吃剩下的月饼和水果。

过了一个时辰，奶奶给了我们小朋友每人一个大红石榴。

“月姥姥怎么不来吃呢？”我们问。

“月姥姥说，她已经尝过了，剩下的给小孩子们吃吧。”奶奶说。

“我们怎么没看见月姥姥是什么模样，是怎样吃月饼和石榴的呢？”小朋友们非常遗憾。

“你想，”大牛想象着解释，“家家都在愿月，那么多的月饼和水果，月姥姥看一看还顾不上，怎么能来得及吃呢？”

小朋友们认为也是。

我们剥开石榴，啊，里面长满了籽。籽大如豆，鲜红如朱，在月光下晶莹透亮，像小白兔的红眼睛，像颗颗红宝石。

我让爷爷奶奶吃了，他们说甜。让爹妈吃了，他们说甜。小朋友也都说甜。我吃了一颗，啊，像糖，像蜜，真甜。

那石榴的甜蜜，在我的记忆中一直延续到今……

1992 年 9 月 14 日

【注】①泼辣：指健康活泼。

②一宗：方言，指一段时间。

此文被湖北教育出版社出版的 2019 年 1 月第二次印刷的九年义务教育教科书八年级下册（初中二年级下册）《语文》

读本选用。后转发在 2020 年 7 月 17 日《周口日报》沙颍文艺栏目上。

村旁的小河

蓝天高，白云飘，白云飘，
遍地红花绿草，点头笑。
林子里呀，正在开音乐会，
歌唱家是百灵子，杜鹃布谷鸟……

蓝天高，白云飘，白云飘，
遍地红花绿草，点头笑。
小鱼儿呀，水里面偷偷地瞧，
哎呀快跑，哎呀快跑，小船划来了……

每当我回忆起小时候老师教的这首歌，就想起了我们村旁的小河。

小河从村的西北方向来，绕过村的西头朝着东南伸向远方……

浅蓝色的清亮亮的河水缓缓地流着。河的两岸有桑，槐，柳，榆树；有一片片桃、杏、枣、梨、柿树……那一棵棵梨树柿树三四层楼那么高，树干一人抱不拢，树冠场片那么大。

春天，天空翠蓝，阳光明丽。柔和的春风吹得河边的小草钻出了嫩芽；吹得柳枝泛出了新绿；吹得榆钱缀满了枝条；吹得两岸豆麦绿油油；吹得杏花、桃花一片片绯红；吹得梨花绽满了枝头，像一堆堆洁白的雪；吹得枣花散放着浓郁的芳香……

蝴蝶在花间轻飞曼舞，蜜蜂在花间采收着花蜜。

轻捷欢快的小燕子"啾啾"地呼唤着同伴，有的在天空中上下翻飞追逐嬉戏；有的在河面上飞掠着捕捉蚊虫；有的在河边衔泥到屋檐下筑建新家。云雀从河边的草丛里忽然间窜入云霄，且飞且鸣，声音清脆嘹亮，婉转多变，又复敛声而下，迅速隐入田野……

孩子们到河边折根柳枝，用嫩绿的圆筒柳皮做成柳笛呜呜地吹着；或爬上榆树采摘榆钱，回家用面粉拌和蒸熟后，泼上蒜汁，滴些香油，吃着香喷喷，甜丝丝，软筋筋的。

春末夏初，树头花落已成荫。很多美丽的鸟儿唱着歌儿从南方也回来了。黄鹂千啭百啼，歌声清亮明快悠扬。杜鹃"布谷，布谷，快快布谷"地叫着，告诉人们时节已到，快快种黍布谷。孩子们都叫它"傻瓜喝醋"，因为它的叫声和"傻瓜喝醋"音很相似。吃杯茶每天五更微明就站在高高的树枝梢上唱着"大家，大家，早——起，锻炼，锻炼，身——体！……"

盛夏，树枝叶繁茂，一棵棵梨树柿树像撑起的一把把深绿色的巨伞，遮天蔽日。树下凉气习习，暑热全消，是人们午休纳凉的好去处。

孩子们避暑的办法是跳到河里洗澡。河底是清沙地，绝无污泥浊水。一个猛子扎下去游了很远才钻出头来；或打着漂嘭相互追逐嬉闹；或将水泼在河坡上，像滑滑梯一样一个个欢笑着从河坡上向下滑，身上虽沾有泥沙，一到水里就自落干净。

黄绿色的，红色的，黑色的蜻蜓，有的静静地伏在河边的草丛上；有的在水面上飞来掠去，用尾巴轻轻地点着水产卵。花蝴蝶在河边的半支莲、二月兰、锦葵、紫苏、百合花上双双对对飞飞落落。孩子们爬上岸去捉蜻蜓追蝴蝶。当你屏着呼吸，蹑手蹑脚靠近蜻蜓伸手将要捏住它那长长的尾巴时，它即振翅飞离你而去，绕了一圈又停落在别的草丛上。蝴蝶没有蜻蜓那样机灵，但不等你靠近，却飞越你的头顶向河的对岸飘去……

河岸上长有密密的淮草。草茎三五尺高，细长挺拔。秋天草枯黄后，割下用其苫房①可五十年不腐，且夏天隔热，冬天御寒，室内冬暖夏凉，是农村上乘的建房材料。淮草上成群的叫蚂蚱“吱吱吱”地叫个不停，指头那么大，无翅，都长着双强健的大腿，一有响动就快捷地跳跃着躲藏在草丛中。若将其捉来，在锅里炒焙呈红色，吃着香酥，味道与焦虾不差。

夏天的雨季，河里涨满了水，青蛙欢天喜地的相互唱和着。孩子们从家中拿出网到河里去堵鱼。他们将网纲分别绑在两根长竹竿上，然后两人各站在河的一边，将竹竿顶水斜插进水里，扶稳竹竿，待网一有颤动，就迅即抬起网，网中往往会有活蹦乱跳的鱼儿。若抬网稍慢，鱼一触到网便反转过头来逃了。不到半天工夫便可堵到一大桶鱼，有红鱼、草鱼、鲫鱼、鲇鱼、乌鱼、鳝鱼、白条、泥鳅、大虾……

秋风凉，秋风凉，棉花白，谷穗黄，田野里庄稼熟了。河边草丛里的金钟儿、油葫芦、草蛉、蝈蝈、蟋蟀、纺织娘们唱起了丰收歌。

果园里，又面又甜的桃子像少女白里透红的脸蛋；又大又红又脆又甜的枣子像一嘟噜一嘟噜鲜红的玛瑙；红艳艳的柿子像一个个小红灯笼；黄澄澄的梨子像一个个金色的宝葫芦……

人们欢声笑语，忙碌着将摘下的水果装满一篮篮，一筐筐，一箩箩。孩子们无论到哪家果园里都可以挑选自己中意的水果尽情地吃。人们挑选一些个大鲜亮成色好的果子送亲戚馈朋友。那些“吱吱轧轧”地推着小车或挑着箩筐的小贩们赶来将水果运往他乡……

冬天，雪花飘飘，一树树冰花像碎玉琼瑶，河边成了水晶世界。

孩子们在这里堆雪人，滚雪球，滑雪车，或到河里溜冰，打陀螺，兴致不减。虽是隆冬，个个头上冒着热气，浑然不觉寒冷……

村旁的小河啊，至今仍在我的脑海中萦绕，不肯离去。

2010 年 2 月

【注】①苫（shàn）房：用茅草、麦秆、瓦等铺在房坡上遮风挡雨，防热御寒。

此文发表在 2019 年 8 月 23 日《龙湖》报上。

天 路

说起天路，常常为筑路英雄们惊天动地的伟大筑路壮举所动容，眼含热泪，总想为他们写点什么。可几次提笔放下，欲言又止，觉得所要写的内容浩瀚繁多，难以表述，常常几个小时写了二三百字。但还是按捺不住，熬夜爬格子，写了以下文字。

这里，亿万年前是一片汪洋，由于地球内部的运动，地壳突兀，峰峦叠起伸入云天，成为世界之巅。

高山，大漠，风沙，暴雪，苍凉，缺氧……许多生命无力生存，从这里退却或寂灭。

在这片平均海拔 4000 米以上的高地上耸立着喜马拉雅山，冈底斯山，昆仑山，喀喇昆仑山，唐古拉山，祁连山，念青唐古拉山，可可西里山，巴颜喀拉山，阿尼玛卿山等山脉。这千嶂万峦，崖悬壁峭的崇山峻岭即便是攀援高手猿和羚羊也望而却步。很多地方在海拔 5000 米以上，为生命禁区，可谓“千山鸟飞绝，万壑人踪灭”。唐代大诗人李白曾惊呼“蜀道之难，难于上青天”，但蜀道和这里相比也只是些沟沟坎坎了。这便是青藏高原。

自有史以来，中国人便在这片高原上生息攀越，不知有多少生命遗落在这山壑横亘的道上。

汉武帝元鼎六年（公元前 111 年），将军李息与羌人对阵。

羌人败北，沿着古羌中道退往青海湖西南，一夜之间 5000 余人马冻死于归途。

公元 4 世纪初，辽东鲜卑吐谷浑部族移牧青海，半数人马溘然消失。

公元 472 年，南朝 300 多人的商队前往波斯，途经青海道时，杳然不见了踪影。

公元 1206 年，号为“蒙古旋风”的几万远征军在横跨青藏高原途中神秘失踪。

1912 年中华民国成立，大清消亡，江山易主，改朝换代。清军管带陈渠珍，带领 150 名湖湘子弟，还有自己的新婚娇娘西原，从拉萨之东的江达东归。这支孤旅横穿万里羌塘，唐古拉，蹚通天河，越可可西里，下莽昆仑，过盐湖，经过七个半月的艰难跋涉，到达西宁时，只剩下 7 人。143 人倒在雪野之上，大漠之中，而新婚娇娘西原也病逝归途……

为了内地各族人民和藏族人民世代相好亲如一家，为了藏族地区农牧业，经济，文化的发展和人民生活的改善，唐太宗贞观十五年（641）正月，端庄美丽，聪慧大度，博学多才的文成公主姑娘，带着三百六十卷经典，六十余种营造与技工著作，治疗四百余种疾病的方药和大量的农作物种子，金玉饰物，锦缎，带着内地人民对藏族人民的良好祝愿，辞别长安，经兰州，取道青海西宁，翻越唐古拉山，千里迢迢赴吐蕃与赞普松赞干布和亲。

一时间，和亲的路上，车轮吱吱轧轧，尘烟滚滚。文成公主率领着浩浩荡荡的和亲队伍冒着风沙，迎着暴雪在层峦叠嶂间的崎岖坎坷的沙砾路上颠簸着摇曳着艰难地向前行进。由于驼队的损耗，除文化典籍技术著作和农作物种子外，所带的辎重货物不得不沿途抛弃。披星戴月历时三个冬夏文成公主到达拉萨时，驼队与随从已所剩无几。

《青海公路交通》一书中记载（薛晓康《驼路》中录）：“1951 年 8 月 28 日，由慕生忠、范明两将军率领的 1200 人，以及 6000 峰骆驼，2500 匹军马，10000 头牦牛和骡子的西北军区护送班禅大师返藏的先遣支队，沿青藏线向拉萨进发。若按每头驮畜行进中习惯平均间隔距离 10 公尺计算，驼队接连绵延可达 180 余公里。12 月 1 日抵达拉萨时，18500 头驮畜只剩下 6000 头。

1952 年 1 月 20 日，班禅大师及他的 400 多名官员眷属由青海香日德启程返藏。800 多名解放军官兵和 3000 多名民工，以及 24000 峰骆驼，2000 匹军马，6000 多头牦牛和骡子的护送队伍可接连绵延 320 余公里。4 月 28 日抵达拉萨时，32000 头驮畜只剩下 4500 头。

两次大规模的驮运中 50500 头驮畜损失了 40000 头，2000 公里的进藏路上平均 50 米就有一头驮畜倒下。

由于当时刚进驻西藏的部队及人员即将断粮，中央给西北军政委员会下了“不惜一切，火速抢运”的命令。于是又由慕生忠将军率领的 2600 名汉族、回族驼工牵领着 16000 峰骆驼的驮队第三次向西藏悲怆地挺进。经过 52 天的强行军抵达拉萨时，又失去了 4000 峰骆驼。

驮队进行中，扬起的尘沙遮天蔽日，驼铃响彻山谷。庞大的驮队在茫茫的高原上行进，竟像搬家的蚁队……

按有关规定，中队长、指导员以上的干部可以骑骆驼，可从来没见有谁骑过。在前边带路和在后边解决问题的都是干部。有的在前边探路的解放军官兵向天空伸着手，缓缓地沉没在沼泽草地的黑泥汤里……

途中，驮畜蹄子被磨烂，血淋淋的一步一瘸地向前走，人们心疼地把睡觉的毛毡割开给驮畜包住脚。可毛毡不顶用，走不多远又被磨破，走过的沙石上留下一路血印子……

有的驮畜倒下，凄惨的哭叫着挣扎着站起来摇摇晃晃地追着驮队向前跑，跑不了几步又栽倒，站起来又追……

遇到暴雪或大风沙，倒下的驮畜转眼间就被暴雪或风沙掩埋得不见了身影……

驮畜死掉了，人们把驮畜身上的面粉或货物背在身上，以死去的驮畜白骨为路标继续向前走……”

高山阻路，大河横空。这里原没有一条公路，交通非常困难，藏族同胞与祖国内地的联系极为不便。在青藏高原修筑公路则成为中国人几千年来的希冀和企盼。

1951 年 5 月，西藏和平解放后，为了加强藏族人民同全国各族人民的联系，促进青藏地区经济和社会的发展，中央人民政府决定调动几十万解放军官兵及筑路工人修筑青藏（西宁至拉萨）、川藏（成都至拉萨）、新藏（新疆喀什至拉萨）、滇藏（昆明至拉萨）四条干线公路。

解放军官兵们唱着“毛主席的战士最听党的话，哪里需要到哪里去，哪里艰苦哪安家……打起背包就出发……”的雄壮歌曲奔赴世界之巅，向大自然宣战，向困难宣战。开始了劈高山，填峡谷，让高山低头，河水让路艰苦卓绝的，惊天地，泣鬼神的修路壮举；开始了人和自然的较量，生和死的较量，对地球最高寒陆地的征服，对人生存极限的征服……

于是，在青藏高原上大锤撞击钢钎的声音，“哼唷哼唷”抬运巨石的声音响彻千山万谷……

在这崇山峻岭里，在这悬崖峭壁上，月亮被筑路官兵们踩下去，太阳被筑路官兵们扛起来。他们堵住了排山倒海的流沙，填实了举步艰难的沼泽。山，在他们手下一块块消去；路，在他们脚下一步步延伸……

地震，雪崩，山体滑坡，泥石流，塌方……有的所筑路面一夜之间被一扫而光。但，不被困难所吓倒，所屈服的筑路官兵们又举起了大锤，拿起了铁镐……

那一个个紫红色的面孔被紫外线灼脱了皮；那一双双震裂的手，一张张干裂的嘴唇渗着鲜血……

那年青强健可爱的官兵，有的摔下了悬崖，有的掉进了冰窟，有的被滑坡的山体掩埋，有的被泥石流卷走，有的一倒下再也没有醒来……青藏公路线上每公里就有 3 名解放军官兵牺牲，川藏公路线上有 4000 多名解放军官兵献身。他们长眠于路旁，永远地守在青藏高原，属于了青藏高原……

徐剑的《东方哈达》中有载：1954 年初，慕生忠将军在青海柴达木盆地的戈壁滩上搭起了第一个帐篷，从甘肃宁夏招来的追随他给西藏送粮的民工说：“慕司令，你不是说格尔木是一座城吗？城在哪里？”

是啊，城在哪里？这里一片荒凉，只见远处白雪皑皑的昆仑山。

慕生忠指着自己的帐篷，说：“这就是格尔木城。以帐篷为中心，我们要在这柴达木盆地建起一座花园般美丽的城市，再栽上几万棵树。”

民工们笑弯了腰，说：“慕将军你牛皮吹到昆仑山上去了，是不是在做梦？”

“有梦就有希望！”慕生忠说，“十年，二十年后钻天杨长大了，城郭崛起，我们就是格尔木的祖先。”

“希望就在脚下。”朴实的民工们个个跟随着慕司令去挖坑，栽下了一排排钻天杨。

树栽完后，民工说：“我们跟随你一年多了，送粮任务完成了，该回家了。”

“回家？”昨天我收到送粮总队副政委任启明拍来的电报说，他们已走通了青藏高原。我决定把这条青藏公路修通，用卡车将粮食送到拉萨，你们要是好样的，就跟着我修公路去！”

民工们一片哗然。突然一个来自宁夏的民工说：“我是招来送粮的，不是修路的。我要回去照顾老人妻子和孩子，请慕司令放我回去吧！”说着那民工呜呜地哭了起来。

慕生忠一看这种情形，怕民工们散了去，想来点威风镇住他们。但又想到，这帮民工兄弟跟随自己在驼铃声声，风雪飘摇中，出生入死往返几趟西藏送粮，实在不易，有的倒在了路上，有的陷在了沼泽里。

他脱下自己的军大衣披在那个民工的身上说：“兄弟，你可以走了，我没有什么可送给你的，穿上这件大衣路上挡挡风寒吧。”

那民工陡然跪下：“慕司令，我不走了！”

慕生忠把那个民工扶起来说：“兄弟，为啥？”

民工将大衣还给慕生忠，诚恳地说：“你一位打江山的老红军都能在青藏高原上干下去，何况我们这些平头百姓，我跟你修路去！”

“好兄弟，谢谢你。”慕生忠紧紧地握住那个民工的手。

“慕司令，我们都跟着你干！”牵骆驼的民工们都围拢了过来。慕生忠举起右手，向站在自己面前黑压压一片民工庄重地行了个军礼，热泪盈眶地说：“我慕生忠谢过大家啦！等我们将公路修到拉萨，将你们的父母、妻子儿女请到拉萨、格尔木多住些时日！”

慕生忠带领着解放军官兵和1200名精壮的民工来到昆仑山下青藏公路零公里处，用大锤楔下烧红的火钩烙下的“慕生忠之墓”的木牌，说：“青藏公路就从这里开始吧。如果万一我有什么不测，这就是我的墓碑。我慕生忠生不是青藏人，死却要为青藏的鬼雄呀！”说罢，率众向拉萨筑路进发。

在“亘古无绿意，四季不见春”青藏线的千里戈壁上，常常狂风骤起，刮得人睁不开眼，迈不开步。被狂风卷起的大如核桃，小如米粒的砂石，似乱箭射在人们的脸上像针刺，像刀刮。

那一座座雪峰像一个个白头翁立在高空，山石间挂着晶亮的冰柱。有的地方零下三四十度，松软的雪花变成了坚硬的冰粒。天气寒冷彻骨，哈出的气凝成了冰霜。

暴风雪来临，风搅着雪，雪和着风，从天空刮到地上，又从地上卷向天空，仿佛天地间就只有风雪。眼前白茫茫浑沌一片，像隔着一层纱。人们的头上、眉上、衣服上全挂着冰雪。

一次筑路官兵的帐篷被暴风雪卷向天空，一个战士抢上去硬是牢牢地拽着帐篷的两个角随风飞奔了三四里地。大家非常担心，当他收住帐篷回来问他，他“哈哈”一笑说，“坐了一趟飞机”。

公路修到唐古拉山，地面为海拔 5700 米。人们头重脚轻，嘴唇发紫，吃不下饭，骨瘦如麻秆，皮肤干得可擦火柴。而唐古拉山的石坎石崖坚硬如铁，铁镐撬不动，路难以推进。慕生忠抡起大锤朝着坚硬的石头狠力砸去。他一口气抡了八十下，官兵和民工们投来了佩服的目光，也跟着慕将军举起大锤朝着巨石抡去，唐古拉山谷中回应起“砰砰啪啪”的响声。在慕生忠的带领下，一步步砸平了石崖，填平了石坎。10 月 20 日，他们打通了唐古拉山 30 公里的，当时世界上最高的一段公路……

在川藏线上，著名的海拔 3477 米的二郎山，海拔 4000 米～5000 米以上的折多山、雀儿山、矮拉、加皮拉、达马拉、年拉、郎拉、色齐拉、敏拉等大山和日夜奔腾咆哮的大渡河、雅砻江、金沙江、澜沧江、怒江、泊龙藏布江、巴河、尼洋河、拉萨河等江河挡在了筑路官兵的面前。这里峰峦陡起，绝壁林立，乱石穿空，水流湍急，惊涛拍岸，很多地方仰面不见峰巅，低头不见谷底，像徐剑的《东方哈达》中描述的那样：“古木苍天，荒草萋萋；一天四季，东边日出西边雨；山下阳光如炽，山上狂雪飞舞；常年山崩地裂，塌方泥淤。”像清人《西藏始末纪要》中所写的那样：“乱石纵横，人马路绝，艰险万状”……“世上无论何人，到此未有不胆战股栗者。”可 33 岁的川藏公路总指挥陈明义将军仰天笑道：“藏道是艰险万状。但，对此，人民解放军不但不会胆战股栗，反而要用钢钎凿得雪山发抖，用大锤砸得江河战栗，要让公路从这些江河上横跨过去！从这些山上翻越过去！”

解放战争入伍，500米内百发百中的神枪手，参加过太原、秦岭和成都战役，立下了战功，在修筑川藏公路中，专为劈山开道放炮的18军53师159团炮兵班班长张福林，1952年12月10日中午，带着炮班战友在雀儿山放炮时，一块巨石从山顶上突然坠落，砸在了他的腰部，殷红的鲜血染红了岩石和冰雪。他颤抖着手掏出口袋中的四万五千元钱币（当时的货币），艰难地翕动着嘴唇向党组织交作党费，便永远地闭上了他那二十四岁的年青的眼睛，到九泉之下会他的被国民党反动派杀害的革命的母亲去了。

徐剑的《东方哈达》有述：公路修过雀儿山，进入西藏境内离拉萨还有千余里的昌都镇。扎曲河与昂曲河将昌都镇中心的昌都寺分成云南坝和四川坝。在此一边是北路由川入藏的官道，一边是南路由滇入藏的茶马古道，以后的路怎么走？陈明义将军伫立川坝上将目光投向远方，焦急地等待着余炯带领的川藏公路昌都到拉萨走线的勘察小分队归来。去年阳春三月在甘孜他举杯为他们壮行，至今已整整一年零四个月，早已过了约定回来的时间，这支小分队仍杳无音信，是死是活？陈明义的心一直悬着。

一天傍晚，暮霭中一群衣衫褴褛，头发披肩，胡须垂胸，面目灰褐的人站在了陈明义的面前。若不是余炯行着军礼，向陈明义将军报到：“司令员同志，勘察小分队一人不少归来！”人们还以为这崇山深壑中真的有野人山鬼。

陈明义激动得眼含热泪，一个个紧握着他们的手：“回来就好！回来就好！”

陈明义伏案展开余炯小分队踏线勘测图，整个川藏线上横跨的 14 座 5000 米以上的大雪山，他们竟攀登了大部分，北路南路都踏勘过了，去回绕行 6700 公里。北路从昌都往万里羌塘，沿着唐蕃古道伸入丁青、巴青、比如宗，再入那曲，过当雄草原到拉萨。南路由昌都到然乌，跨越怒江，过波密、林芝、太昭进入拉萨。北路地势较平，但海拔高，寒冷缺氧，冬季封山，沿途缺乏燃料、补给。南路海拔低，原始森林覆盖多，气候适宜，景色壮美，河谷种着香蕉、橘子、水稻。但沟壑纵横，雨量多，江河浪大滔天，流水湍急，容易引发山体滑坡、泥石流。北路南路利弊各有千秋。

陈明义和后支政委穰明德将北路和南路两个方案摊在贺龙的案上。贺老总展开地图看了半天，点着烟斗吸了几口，将拳头重重擂在案上，道：“当然走南路好！在西藏那是黄金都买不到的地方。那里茫茫林海，土地肥沃，物产丰富，便于部队就地取材。路通了，将来开发西藏，大有前途。当然江河天险、冰川、泥石流会给你们带来预想不到的困难，但我相信在我们 18 军筑路官兵的面前，没有过不去的山，没有越不过的河！不过这个方案得让主席首肯，穰明德，你飞往北京，将方案向毛主席汇报。”

穰明德到了北京，先找到交通部长王首道。王看过方案，带着他到国防部长彭德怀家。彭总察看了南路走向，然后拍案称道：“我举双手赞成修通这条国防战略公路！”

1953 年大年初一，穰明德跟着彭德怀和王首道走进中南海。听过汇报，毛主席吸了口烟，问道：“走南线的根据是什么？”彭老总说：“18 军曾派工程技术人员踏勘了一年半，为慎重起见，穰明德也亲自走过。”

毛主席仰头笑了，“这叫亲自品尝了梨子的滋味，是有国防观点的表现”。随即挥毫批示：“同意此项意见，公路走南线！”

缺氧是官兵们最难忍受的问题。有的地方氧气量不足内地的一半。有的官兵因缺氧头晕，头疼，耳朵“嗡嗡”作响，咽喉像塞了团棉花憋得喘不过气来。有的像严重心肌缺血的病人一样嘴唇发紫，指甲发青，浑身乏力，举步艰难。

锅里的水沸腾着，饭却煮不熟，气压低，水温只有 60℃，无奈只有将就着吃。有时咬一口饼就一口雪……

据薛晓康的《驼路》载：“淳朴的藏族同胞，牵引着几十万头牦牛组成运输队为筑路的解放军官兵运送货物给养。他们总是护在牦牛的前后，遇上上山爬坡便弯腰弓背，裸着双脚，踏着坚硬的石面，推着牦牛往上爬。豆大的汗珠从他们紫红的面颊上一滴滴滚落在石头上。饲料不多时，他们就勒一勒裤带把干粮省下来，不声不响地喂给牦牛吃。

很多牦牛不堪来来回回不间断的长途负重跋涉，蹄甲被石头磨穿，露出筋骨，淋着鲜血，纷纷倒在雪地里。惜牦牛如命的藏族同胞含着眼泪割下牦牛肉，硬塞在筑路官兵的手里。”

藏族阿妈为筑路官兵们捧来了奶茶，藏族姑娘为筑路官兵们一遍遍唱起了歌……由此我想起了当年唱响青藏高原，唱响大江南北，唱响全国的《洗衣歌》：

是谁帮咱们翻了身？
是谁帮咱们得解放？
是谁帮咱们修公路？
是谁帮咱们架桥梁？

是亲人解放军，
是救星共产党。
帮咱亲人洗呀洗衣裳，
……

筑路官兵们冒风雪，抗严寒，在极其艰难困苦的条件下三年奋战，挖掘的土石方相当于挖了一条新的几千公里的大运河，所挖掘的岩石可筑起一条新的万里长城。

1954年12月25日青藏公路、川藏公路正式通车，此后，新藏公路、滇藏公路也相继开通，向世人宣告青藏高原无公路的历史已成为过去。

青藏高原上，那蜿蜒的公路像一条条长龙盘旋在一座座巍峨的雪山上，出没在峻岭中，腾在白云间……

完成了筑路使命，从筑路一线退下来的官兵们如今鬓发已斑白，但他们仍心系着青藏。一谈起这段筑路的历史，他们便神态凝重，现出沉思，眼里盈着热泪，流露出对这片高原的眷恋之情。他们无怨无悔，为修筑青藏高原公路献出自己的火红年华而感到欣慰和荣耀。

半个世纪以来，四条公路承担着青藏地区绝大部分进出物质和人员的输送，对青藏地区经济和社会的发展起着不可估量的重大作用。

因路途遥远，运量少，费时长，能源耗量大，运资高等，公路已满足不了当今青藏地区经济和社会快速发展的需求。于是修筑青藏铁路已成为青藏地区人民和全国各族人民梦寐以求的愿望。

到过青藏高原的一些外国铁路权威专家论定，按人类现有的科技水平，要让铁路穿越青藏高原至少要到100年以后。美国火车旅行家保罗·泰鲁在《游历中国》文中断言：“有昆仑山在，铁路就永远到不了拉萨！”

中国人一定要把铁路修上青藏高原！

中华人民共和国成立后，代代党和国家领导人心系着青藏铁路。1973年毛泽东在会见尼泊尔国王比兰德拉时曾坚定地说：“青藏铁路要修，要修到拉萨去，要修到中尼边境去。”

在青藏高原上修建铁路，选线是铁路建设成败的重要关键。选线的错误不但导致整个铁路建设工程的失败，还会给国家造成重大损失。所以国家将选线放在铁路建设的首位。

于是，中国科学家和铁道工程技术人员，不怕辛苦，不畏艰难，跋于千山上，涉于万水间，开始了对青藏铁路线的探寻和勘测。

1955年国家选派铁道部和铁道兵相关部门的专家，由慕生忠将军带领，沿青藏公路对青藏线进行了实地勘察。

1958年国家又次选派工程技术人员对青藏线进行大规模的勘察。

1973年国家再次派专家对格尔木至拉萨线路开展勘测大会战。

1974年3月，铁道兵第七师，第十师6.2万指战员开始了青藏铁路西宁至格尔木段建设大会战。经过5年艰苦奋战，1979年青藏铁路西宁至格尔木段铺通。

1994年始，中国科学家和铁道工程技术人员，从青海、甘肃、四川、云南四个方向，向拉萨进行大规模的，历时6年的勘测选线。2000 年 9 月，青藏铁路线路设计总工程师李金城带领勘测队伍进行铁路全线最后“一测”，证实了翻越唐古拉山段路线方案的可行性后，向中央递交了青藏高原铁路首选格尔木至拉萨线的建议报告。

党中央根据中国 20 多年的改革开放综合国力显著增强，已具备建设青藏铁路的经济实力，作出修建青藏铁路格尔木至拉萨段的重大决策，提出了建设世界一流的高原铁路目标。2001 年 6 月 29 日，全国人民盼望已久的青藏铁路在格尔木和拉萨同时相向开工。人们欢呼歌唱，青藏高原沸腾了。

从格尔木至拉萨路线全长 1142 公里，有 550 公里为多年冻土区，几乎占铁路全长的一半；铁路全线平均海拔 4000 米以上，最高点在唐古拉山为海拔 5072 米；年平均气温为 0℃以下，最低气温为零下 45℃；8 级以上的大风，年平均刮 70 多次；路面含氧量为内地的一半。高寒缺氧，多年冻土，生态脆弱三大世界性工程难题摆在了铁路建设者的面前。

路沉甸甸的。

50 年前中国人在青藏高原上修筑公路靠的是勇气和力量；50 年后中国人在青藏高原上修筑铁路靠的是技术和智慧。

高寒缺氧是青藏铁路修建必须解决的第一大难题。

海拔 4000 米以上，因缺氧人会头痛欲裂，胸闷气喘，头重脚轻，站立不稳，精神萎靡，反应迟钝，眼前景象失真，出现幻觉，甚至一倒下再也不会醒来。

“以人为本，苍生为大。要战胜缺氧难题，一个人也不能因高山缺氧倒下！”中国铁道部部长傅志寰为青藏铁路建设队伍生命的保护定下了海拔尺度。“要把高原病死亡率钉在零的刻度上！”中国科学家们下定了决心。

世界高原医学贡献奖获得者，中国高原病院士，青海高原医学科学研究所所长吴天一，为了高原病的防治，曾骑着马，历时六年，踏遍青海长河冷山所有的藏区，对五万多急慢性高原病患者病因进行普查诊治，并通过病理、生理分析得出独到的结论：藏民族之所以能在海拔4000米～5000米的世界屋脊青藏高原生生不息繁衍下来，成为青藏高原上的真正居民，是因为藏民族在这里经过千万年的适应中，其细胞携氧量是青藏高原外居民的数倍甚至几十倍。而青藏高原外的居民，在高寒缺氧的青藏高原上，因细胞携氧量严重不足易发感冒、高原肺炎、肺充血、肺水肿、脑水肿、高原性心脏病等而猝死。

吴天一院士提出：首先必须经过严格体检，把住入青藏高原修筑铁路的进人关，患有冠心病、心肌梗塞、心脑血管病、高血压、代谢性糖尿病、慢性气管炎、肺心病、肝肾明显病变、溃疡病、消化道出血、过度肥胖等人不能上去。要求修筑铁路人员在西宁——格尔木——再往上等驻留几天阶梯性习服。并要求建立医疗卫生保障制度，对所有上青藏筑路人员进行高原病防治知识教育，衣食住行拉撒都严格按规定去做，以防高原病的发生……吴院士的意见受到青藏铁路指挥部的高度称赞和采纳。

北京科技大学博士生导师刘应书带领一班制氧专家，从北京开始经兰州、西宁、格尔木、五道梁，一站接一站阶梯式地进行制氧实验，步步向高原攀登。2001年11月26日世界第一座大型高原制氧站终于在海拔5010米的风火山上制氧成功，震惊了全球制氧界。专家们在青藏铁路沿线建立了17座大型制氧站，配置25个高压氧舱。严格要求施工人员每天吸氧不得少于两小时，使人们保持神智清醒，精神饱满的生活和工作状态。风火山隧道施工时，氧气通过输氧管道源源不断地送到隧道工作面，对隧道实施直接弥漫式供氧。中国铁道部二十局青藏铁路工程指挥部副指挥长兼医院院长丁守全对防治高原病早已有了准备。为了更多地了解和掌握高原病的防治知识，在施工队伍上山之前，他就请高原病院士吴天一，专家谢印芝、杜智敏等给医护人员讲授高原病的防治知识，并带领医护人员到西宁高原病研究所进行高原病防治实习。为了防患高原病于未然，他还编印了《风火山职工生活手册》发给每一位工作人员，使人们对高原病的防治有充分的心理准备和知识方法。施工期间，他带领医护人员日夜巡诊在工地和帐舍，如发现有人不适就立即进行有效治疗。青藏铁路总指挥部对丁守全这种做法高度赞同和肯定，并在青藏铁路沿线普遍推广。铁路建设总指挥部在沿线建立了144个三级医疗机构，施工人员生病半个小时内就能得到有效医治，使之成为防范高原病魔入侵，保护筑路大军生命安全的坚强屏障。

中国十多万筑路大军在高寒缺氧的环境中鏖战5年，无一人因高原病倒下，死亡率为零，引起了世界高原病学界专家的一片赞誉之声，称中国高原病防治OK！中国人创下了高原病防治的奇迹！

冻土，冻土！是青藏铁路修建必须解决的又一大难题。

飞机靠气流的浮力向前飞行，舰船靠水的浮力向前航行，火车靠基轨的承托力向前驶行。全长1142公里的铁路线，近一半为含水量10%～50%的冻土。青藏高原海拔高而严寒，纬度低而日照强烈。冻土会因气温的变化而变化，给铁路基轨的稳固造成极大的威胁。西伯利亚修建铁路的经验在这里失灵，美国、加拿大修建铁路的技术在这里也无用武之地。

“事是人做的，办法是人想出来的。他们不行，非得我去！”青藏铁路第一任总设计师庄心丹道出了中国人的豪情和心声，那就是指望外国人的技术不行，要靠我们中国人的智慧，想办法使冻土恒久稳定不变，将铁路从冻土上铺过去！

为修建青藏高原铁路寻找解决冻土的办法，中国科学家们早在 1961 年 9 月就在风火山上建立了冻土观测站。

“风火山”，本是一座高寒缺氧的冰山，乍一听来与“风火山”之名风马牛不相及。但，为什么将“风火山”之名冠于一座冰山上呢？徐剑的《东方哈达》中有所叙述，“一簇厚云若从远处飘来，到了风火山之上，往往云团中蓦地撕裂一道云罅，蓝色的弧光划破天穹，继而随着轰轰隆隆的闷雷，冒着蓝红色火苗的风火轮一个接一个地从山上滚了下来。任何生物碰上它便被电击灼焦”。1951 年慕生忠将军率修筑青藏公路大军到此山，见到这奇特的景象，便将手一挥说，此地就叫风火山吧。于是“风火山”之名由此而来。

说到冻土观测站，就不得不说一说风火山之灵——风火山冻土观测站的守山人。40 多年来，几代冻土专家们坚守在风火山上，迎寒风，卧冰雪，抗缺氧，避滚地雷，耐着寂寞，日复一日，年复一年，坚持“828”——早晨 8 点，午后 2 点，晚上 8 点的对冻土观测取样，对环境变化记录。观测人员周怀珍到六十岁退休下山时，在山上整整坚守了 22 年。而他的徒弟孙建民在山上却守了 26 年！人啊，在短暂的一生中能有几个二十多年！

在风火山上坚守了二十多年的王占基罹患癌症。1980 年癌细胞扩散全身，疼痛得脸色苍白，冷汗簌簌下落。上级领导非常关心他的病情，到医院看望他。而此时他心中牵念的仍是风火山的观测数据。他非常有信心地说："青藏铁路总有开工的一天。"而又非常遗憾地说："可这一天我看不到了。"他请求领导说："我死后将骨灰葬在风火山上，我生没有看到火车驶过风火山，死后也要听到火车从风火山驶过！"这年的 11 月年仅 51 岁的王占基溘然长逝。为尊重他的遗愿，上级领导将他的骨灰安葬在风火山上，他成了永守风火山的英魂。

40 多年里，风火山的守山人留下了 120 多万个冻土观测记录，为解决冻土难题提供了详实可靠的重要参看之据，其功不可没。

依观测数据，经过细致勘察和精心研究，建设者们在铁路路基两旁插上一排排碗口粗细间隔 2 米的热棒，设置钢结构遮阳篷，以保持路基冻土的稳定性。为抵御气温变化对冻土工程的影响，科学家们在国际上首次采用以冷却地基土体，主动降温，减少传入地基土体的热量保护冻土的方法，并采用通风管路堤，片石层通风路基，碎石护坡，铺设保温层等新技术，新材料，保持冻土的温度，恒定不变，以保障路基的稳定性。

可可西里清水河地区含水量高。夏季气温高达 38℃，冻土因热融而出现湖塘或地下暗河，而铁路路基下沉，铁轨弯曲变形。冬季气温降到零下 40℃，湖塘和地下暗河因受冻膨胀而形成突出地表的冻胀球，使铁路变成高低不平的搓板路。对于温差大不稳定冻土区或高含水量地质区的铁路，建设者们采取“以桥代路”的方法修筑。中铁十二局承建的清水河特大桥，夏季因稀泥塘暗河无法钻孔建桥墩，冬季要保持冻土的稳定性，又不能往钻孔内注水，只有利用旋挖钻孔机干钻法钻孔。桥全长 11.7 公里，桥下钻有直径 1.2 米，深 20 多米的 1367 个桥墩钻孔，相接起来达 27340 多米，是世界海拔最高的 8848 米的喜马拉雅山珠穆朗玛峰的 3 倍还要高出 796 米。全线“以桥代路”的桥梁连接起来达 160 公里，为世界上最长的高原空中铁路之桥。

2001 年 10 月 18 日，来自陕西咸阳的中铁二十局打响了开凿风火山隧道的第一炮。但，打下来的不是土石块，而是含土量为 15%~20%的冰碴。

风火山结构为原始裂隙冰和高含水量的冰沙冻土。由于温度太低，混凝土无法凝固，施工人员在洞内建起了高压蒸汽锅炉和暖风机站，利用暖风给隧洞增温。洞壁遇热后融化，泥沙水俱下，洞壁滑塌，风火山施出淫威，给施工人员出了一道大难题。

难高一尺，中国人智高一丈。科技人员经过多次细心观测分析和反复实验，终于找到了使混凝土凝固而洞壁又不滑塌的最佳温度，并克服了洞内保温控制一系列的难题，将混凝土均匀地喷射到隧道壁上而凝固。300 多名施工人员经过整整一年的奋战，2002 年 10 月 19 日风火山 1338 米的铁路隧道终于贯通了。

昆仑山北缘的纳赤台上行 15 公里，有座拔地而起的雄伟大桥——三岔河大桥，被称为青藏铁路第一高桥。

三岔河有座海拔 3800 多米的高山。山，犹如被一把神斧从中间劈开，陡峭的两山崖间形成了相距690.19米，从谷底到谷顶高54.1米的大峡谷，青藏铁路就从这峡谷上飞过。

这座桥承担着为前方铺轨架梁运输物资的任务。为了不误整个铺路进程，大桥施工工期只限一年，而且必须在寒冷的冬季开工。

中铁十四局三公司承担着三岔河大桥的施工任务。

一二月份，当地气温降到零下30多℃。在此条件下要保证大桥的高质量和安全，必须首先解决桥墩混凝土的保温凝固问题。专家们经过多次研究，采用模板内通蒸汽保温，模板外生火炉，外罩棉被、篷布给桥墩穿上“保暖衣”的方法，在天寒地冻的大环境中，硬是创造出一个个相对温暖恒定的小环境，将峡谷中间20个高达54米以上的桥墩竖起。它像一条条筑路英雄们坚强的巨臂将铁路托上云端。

铁路铺过冻土区，震惊了全球铁路界。外国专家堪称青藏铁路为世界冻土工程的“博物馆”。

保护好沿线环境是青藏铁路修建的第三大难题。

青藏高原天空湛蓝，湖水清澈，景色壮美，是地球上最后一块圣洁的净土。雪线以下绿草如茵，生息繁衍着野牦牛、藏羚羊、岩羊、野驴、白唇鹿、熊、猞猁、黑颈鹤等珍稀动物。这些动植物是在这里经过千万年的抗争和适应才幸存下来的生物标本。而有些经过千万年的风化腐殖的地面仅长出十几厘米的植被。一镐挖下去，所裸露出的黄色沙砾，几十年甚至上百年也不可能再长出绿色生命。建设者们心系着这里的一山一水一动植物，保护好青藏高原的生态环境则成为每个人的自觉行动。

施工前，施工人员先将施工所用的地面植被细心切割成块，然后用铲车将植被连土一同铲起运到植被移植区专人精心养护。待路基筑成后再把植被移植恢复到路基边坡上，与绿色草原浑然一体，使之成为“绿色天路”。沿路线移植的植被面积达数千万平方米，这在铁路修建史上为先例。铁路沿线有着可可西里、三江源、羌塘等自然保护区，施工不得干扰妨碍这里珍稀动物的生息繁衍。每年春夏为铁路修建的黄金季节，而也是藏羚羊集体由南向北迁徙产羔，然后再携子回迁的时节。为了藏羚羊顺利通过铁路线，每当藏羚羊往返迁徙时，铁路停工为藏羚羊让路，这在铁路修建史上为先例。为了动物自由往返通过铁路线，建设者在沿线专门为动物们修建了 33 处通道，这在铁路修建史上也是先例。

2005 年 10 月 12 日，青藏铁路格尔木至拉萨段最后一排铁轨被稳稳地安放在与布达拉宫相望的拉萨火车站。十多万筑路大军，艰苦不怕苦，缺氧不缺精神，风暴强意志更强，海拔高追求更高，以惊人的毅力和勇气，最高的技术和智慧，经过 5 个春夏秋冬，1800 多个日日夜夜艰苦奋战，战胜了种种难以想象的困难，攻克了一道又一道难关，至此，将世界上亘古未有的旷世工程，中国钢铁天路——青藏铁路格尔木至拉萨段全线铺通。青藏铁路像一条大动脉与祖国心脏连接在一起；像一条重要神经与祖国神经中枢连接在一起；像一条长长的红线将青藏人民同全国人民的心紧紧地连接在一起。

2006 年 7 月 1 日，时任中共中央总书记胡锦涛来到格尔木出席青藏铁路全线胜利建成通车庆祝大会并发表重要讲话。

讲话中胡锦涛同志强调：“这不仅是中国铁路建设史上的

伟大壮举，也是世界铁路建设史上的一大奇迹。这一成功实践再次向世人昭示，勤劳智慧的中国人民有志气、有信心、有能力不断创造非凡的业绩，有志气、有信心、有能力屹立于世界先进民族之林……”

11 时 05 分“青 1”次列车汽笛一声长鸣，满载着乘客，像一条长龙从格尔木呼啸着，翻越昆仑山、唐古拉山、念青唐古拉山，沿三江源、错那湖、纳木错湖、羌塘草原，碾过 550 公里的冻土，跨过 1966 座涵洞，穿过 9074 米隧道，越过 160 公里的桥梁向拉萨驶来。中国滚滚的铁轮终于飞上了世界屋脊青藏高原。外国人不敢想的事，中国人敢想；外国人不可能做到的事，中国人做到了。中国铁轮在青藏高原滚动的响声向世人宣告：青藏高原不通火车的历史已成为过去，中国多少代人在青藏高原修筑铁路的梦想终于成真！

俄美等铁路专家们普遍赞誉：“青藏铁路在驶向海拔最高的同时，也创造出高原铁路建设的新高度、新记录，这不仅是中国铁路建设史上的伟大壮举，也是世界铁路建设史上的一大奇迹。”

高路入云端，天堑变通途。从此山不再高，路不再长，中国各族儿女欢聚一堂。从拉萨至北京全程 4064 公里，乘火车仅用 47 小时 28 分钟，不足两天的时间；从拉萨到格尔木全程 1142 公里，乘火车仅用 13 小时 26 分钟，可以说“千里高原一日还”；从拉萨到西安全程 2864 公里，乘火车仅用 33 小时 11 分钟，不足一天半的时间……文成公主怎么也想不到，她艰难行走了 3 年的路程，1300 年后的火车竟用一天多的时间走完，若在今天回长安娘家探亲竟像赶趟集那样容易。若李白在世，乘坐飞驰在青藏高原的火车上一定会汗颜，不知又会有何感叹！

青藏铁路的贯通，对青藏高原及全国社会的快速发展，经济的繁荣，人民生活的改善，祖国边陲的安宁有着不可估量，不可替代的重大作用。青藏铁路是全国人民的团结路，安康路，幸福路。

在青藏高原上筑路的英雄们，青藏高原的每一座山都是你们筑路的纪念碑，你们筑路的伟大业绩将永记全国人民的心上，永垂中国史册。

2008 年 3 月

【注】写此文参照了青藏铁路修建的有关数据、资料，谨在此向提供数据资料的人们表示感谢。

芳 草 赞

芳草，无需人们耕地，播种，松土，施肥，浇灌，带着芳香，含着微笑，来到人间。

她生不选境，长不择地。沃土，瘠壤；险峻的高山上，深邃的谷底；炎热的赤道上，寒冷的冰雪下；干旱的沙漠里，积涝的水中央；山石的狭缝中，砂砾水泥的裂隙间；繁华的闹市区，人迹罕至的天涯海角……只要下有壤土，上有空天，她都能生根发芽，碧绿荣荣，生机勃勃，奋发向上，显现着生命的活力。

她不怕大风吹，不怕暴雨浇，风停雨住仍抬起头，直起腰，站稳脚。

她不怕浓烟熏，不怕烈火烧，灰飞烟灭，又泛着新绿，崭露头角。

她不怕疾病侵，不怕害虫咬，只要一息尚存，仍能青春洋溢，葱葱娇娆。

她不怕被遗忘，不怕被埋没，虽在地下千百年，一旦回归地面，依然钻出根芽，欣欣荣茂。

她不攀比，不嫉妒，无怨尤，与他人和睦相处，谦恭友好。

她心气平和，没有忧，没有愁，没有烦恼。

……

她郁郁如茵，绿遍原野，花开大地，异彩纷呈，装扮着大自然，把美送到人间。

她消除有毒废气，释放出新鲜氧气，使人精力充沛，心旷神怡。

她富含多种人体需要的维生素、蛋白质和微量元素，为人们提供着丰富鲜美的绿色食品。

她灭病菌，消病毒，抗癌变，增强人体免疫力，功效奇妙。据《本草纲目》载，可入药的芳草逾千种。每当人们有了疾患病痛，她便与疾病抗争，为人解除病痛，拯救人脱离病魔，帮人扶正祛邪，固本清源，使人体魄康健，益寿延年，是人们的救命草保护神。

芳草，看似柔弱的芳草，然而她的无论身处何境何地都能生生不息，朝气勃勃，奋发向上的精神；历经挫折磨难不惧怕，不屈服，不失败的精神；对人无所求却又无私奉献的精神；救死扶伤，舍己为人的精神；造福于人类，不言功，不摆好，且宽宏大度，和善待人的高尚情操；心气平和，乐观豁达的可贵品质是何等的伟大和感人至深！

她是人们学习效仿的楷模。

我赞美芳草！

2016 年 2 月 6 日

小　燕　子

有一年的春天，我家来了一对小燕子。他们站在阳台下晾衣服的铁丝上喃喃细语，商量着建房安家的事。他们选择靠墙的电视线作依托，衔来泥团往上粘。由于电视线圆而光滑，泥团不易粘牢。

我想帮帮他们，便找来两个大钉，在他们选址的地方，平衡着钉在墙上，将一块长方形的小木板横着用铁丝固定在钉上，然后用细土掺胶水调和，抟成团，在木板上粘成燕儿窝基。

小燕子欢天喜地，唱着歌儿向我表示感谢。他们欢快地将绒草和在泥团里衔来在窝基上垒了起来，几天后，垒成了有模有样漂亮的燕窝。而后又衔来柔草和鸟的绒毛做育儿的软铺。他们每天清晨站在铁丝上亲昵地说着话，唱着婉转悦耳的歌儿。

过了一些天，燕窝中发出“叽叽叽”的叫声，燕宝宝出世了，燕爸妈可乐了。他们每天天微明到天黑，不辞辛苦，不怕劳累，往返不停歇地飞着捕捉蚊虫喂养宝宝。燕宝宝们张着嫩黄的小嘴，摇晃着脑袋，欢叫着迎接爸妈。一次一只小飞蛾从宝宝嘴里飞落，燕子闪着明亮的小眼睛，箭似的飞下准确地将还没有着地的小飞蛾捕捉住又敏捷地飞起送到宝宝的嘴里。

宝宝一天天长大，可能嫌窝中太拥，四只小燕子都晃晃悠悠地站在铁丝上。我担心他们掉下来摔坏了，便找来梯子，想将他们送回窝去。谁知，我刚要爬上去，四只燕宝宝竟四散而飞，不知去向。这下燕爸妈回来不见了宝宝，该多么着急，多么伤心啊！而燕宝宝们羽毛还未丰满，不能奋飞，不能捕捉蚊虫……

我后悔、懊恼、内疚，自责好心办了坏事，心里忡忡不安，惦念着这四个小生命。

到了傍晚，我惊喜地发现，燕爸妈和他们的孩子都回到了家。四个小宝宝整齐地卧在燕窝里，爸妈像往常一样在窝旁的铁丝上安静地守护着他们。我舒了口气，心平静下来。我惊奇，在这广阔的天地里，在这重重的楼房间，在这层层的密林里，燕爸妈是怎样找到自己的宝宝的？又是怎样呼唤着将他们带领回家的？我惊叹，这小燕儿的精明，堪比动物界至高无上的人。

又过了些时日，燕宝宝们羽毛丰满，在爸妈的带领下飞上了蓝天。他们快乐的一家人，在天空中自由飞翔，为人们捕捉害虫。

2016 年 5 月 12 日

伟大的爱

老娘瓢，两头尖，
肚里儿女万万千。
儿女长大都上天，
剩下老娘一曲连。

——儿歌

我的家乡野地里春夏长有一种植物，约七八寸那么高，细长的枝干上，长有深绿色的细长的叶叶。枝上偶结有中间粗，两头尖，形状像古时候织布梭中的线穗似的果实。果内，中间粗两头尖的籽心上长有许多如小扁豆，头上长有绒毛的种子。若不慎将果实碰破或枝叶折断，会有乳白色的汁液溢出，这便是她的血液。待种子成熟，果实的外皮自然开裂，种子头上的绒毛张开，像张开的一把把小伞，带着种子乘风上天。而薄薄的果皮被日晒风吹，卷曲在原地上，人们叫她老娘瓢。

小时候，每当唱起这首儿歌或见到干曲的老娘瓢果皮时，对老娘瓢很可怜，觉得她的儿女怎么撇下老娘上天去，对老娘不管了呢？后来才知道，那是老娘瓢倾注全部心血，竭尽全部精力，养育自己的儿女，待儿女长大成人，甘愿牺牲自己，裂胸开腹，将儿女送上天空，请风将她的儿女送到山南海北，天涯海角，落地生根，发芽，结果，一代代繁衍下去……

植物是爱子的，且各有着奇招妙法

有的植物，像刺槐、花椒、玫瑰、蔷薇、仙人掌、萋萋牙等浑身披着针刺，是告诉他人，请勿靠近我，别伤了我的孩子。使人望而却步，触而住手。有的植物，像薄荷、艾、蒿、臭椿、苦楝等散发着异味，使人闻而却步来保护自己的孩子。有的植物，像小麦、大豆、花生、稻、谷、瓜、栗子、核桃等给孩子戴盔穿甲，保护孩子不受伤害。有的植物，像杨、柳、蒲公英、飞蓬等靠其子微小且众多，连鸟雀也不屑一顾，以此来保护自己的孩子。有的植物，像桃、杏、李、樱桃、枣、葡萄、柿子、石榴、芒果等，在他们的孩子幼小时，其果味道酸、涩、苦、淡，除了不更事的孩童拾起砖头瓦块向树上投掉几个，咬一口酸涩得挤着眼缩着头，或苦得张着嘴，伸着舌，没有谁会去光顾他们的。待他们的孩子长大成人，其果子则个大饱满，呈现出黄橙红紫，水润光鲜，且芳香四溢，汁多甘甜馈赠社会。待人、鸟、兽品尝果子后，请他们将儿女带到异地去生长繁衍。即便是贪吃的鸟兽将其子咽下肚去，也无碍，他们早已筑有坚硬的“堡垒”——核，将孩子严实地保护起来，鸟兽不能消化，孩子仍能落地生根发芽，茁壮成长。

动物是爱子的，且是倾心的，无畏的

乌鳢的卵孵化出鱼苗后，鱼爸妈在附近的水中看护着孩子。若有谁靠近，爸妈就会从水中突然蹿出，将其吓退。或遇有危险，爸妈便将孩子一一含在口中，待危险过后，再将孩子一个个吐在水里。

一条小河边有一个浅坑，坑里的水将被蒸发干，小蝌蚪们将要窒息。蝌蚪的妈妈不辞劳苦，与干旱抗争，与时间竞赛，不歇息地从河边往浅坑挖掘着渠道。她挖，挖，挖……终于在浅坑干涸之前，将渠道挖通，引甘水而来，挽救了她的孩子，将他们带领到河水里。

一只小羚羊和她的孩子在草丛里隐藏着。一只豺发现了她们，认为这是唾手可得的美餐。羚羊本不是豺的对手，遇到豺应该逃走。可为了孩子，这只小羚羊妈妈竟和豺斗智斗勇。她从草丛里跑了出来，并故意一瘸一拐地装着受伤的样子诱豺追赶。当追到远离她的孩子时，羚羊妈妈迅即逃之夭夭，撇掉豺后，绕了个弯回来找到了她的孩子。

一对金丝猴母子不慎掉进了猎人的陷阱，猎人举起了猎枪……这时猴妈妈勇敢地竭尽全力一次又一次地往阱上托举她的孩子，让孩子逃生。从她的眼神可以看出：要开枪就对着我，别伤害我的孩子。母亲的勇毅和对孩子的爱终于震撼了猎人，他放下了手中的枪，给了他们母子生路。

象是庞然大物，很少有谁敢对象不恭。若有谁想对小象图谋不轨，大象们便在小象四周围成“铜墙铁壁”，使其不敢贸然近前。果真有不识相的胆敢进犯，大象就用长鼻子将其卷起摔在地上，然后踏上脚，将其踩成肉饼烂酱。所以即使狮、虎对大象也往往退避三舍，敬而远之。

非洲大原上千万角马要渡过河去寻找新的草地。河水中有无数条鳄，正等待着角马这美味大餐。一母马随着大队角马渡过河后，发现孩子不见了。原来在渡河前的慌促中，这角马母子走散了。小角马自己不敢过河，恐惧中在岸上哭喊着妈妈。听到孩子的哭唤，妈妈竟毫不犹豫，再次冒着葬于鳄腹的危险，一次次地躲避着迎面游来的角马撞击，艰难地往回游……到了原岸找到孩子，她带领着孩子重新蹚河涉水，几次险些被鳄咬住，最终脱离了危险，渡过河，向新的草地进发。

一只黄鼠狼被猎人的夹子夹住了。若被猎人所捉，她的正待哺乳的孩子就会饿死。于是她拼命地挣脱，逃走了。猎人发现夹住了一只黄鼠狼，拿起夹子一看是一张脊梁皮。想，这脱了皮的黄鼠狼一定走不远，就顺着血迹寻找到了一小河沟岸边的洞，那脱了皮的黄鼠狼已僵硬地躺在洞中，七八个还未睁开眼的小黄鼠狼趴在脱了皮的妈妈身上，不断地吸吮着奶头。原来，那脱了皮的黄鼠狼，知道自己活不长了，但还是痛苦地艰难地回到家中，最后一次给她的孩子喂奶！猎人惊呆了，他把那张皮盖在黄鼠狼妈妈的身上，含悲转身去了。从此，他再也不下夹子捕兽了。

人是爱子的，演绎着一桩桩动人心魄的爱子故事

安徽亳州九十五岁的许张氏，早该是颐养天年，安享清福的时候了。可不幸她的儿子患了全身瘫痪，卧床四十年。几十年来，她守在病榻前悉心照料儿子，不离不弃。家里虽不宽裕，她却谢绝了 10 万元的爱心捐款，说：“政府给俺有生活保障金，俺们不缺吃，不缺穿，要这么多钱干啥。”2011 年她当选为“中国好人”。得知这个消息，她说：“照料儿子是妈的

事，我哪担待起这么大的荣誉啊！”

一个五岁的小姑娘不幸被摔伤了，在医院里昏迷着，抢救着。妈妈抱着她不停地轻轻呼唤着：“宝宝快回来，宝宝快回来……”妈妈曾听医生说过，重度昏迷的人要经常轻轻地呼唤他，不然可能会永远地睡过去的。妈妈坚信孩子一定是睡着了，她不会离开妈妈的。她抱着小姑娘呼唤着，呼唤着。一天，两天，三天，孩子仍然睡着。妈妈仍不断呼唤着：“宝宝快回来，宝宝不要离开妈妈……”一个星期过去了，两个星期过去了，三个星期过去了……妈妈的嘴唇干裂了，喉咙肿胀了，眼睛熬红了，疲惫了，困顿了，还是坚持喊着宝宝快回来……一个月后的一天，小姑娘慢慢苏醒。她睁开眼睛：“妈妈，我可找到你了。我迷路了，好害怕。我哭着走过一片树林，还有草地，还有小河……一个穿得很漂亮的阿姨走过来，吻了一下我的脸蛋说，‘孩子，快回家吧，你妈妈在找你呢。’她给了我一朵很好看的玫瑰花说，‘你拿着这朵花就会找到回家的路了。’后来，我听到你在喊我……”妈妈的爱终于唤醒了女儿。她抱着女儿，欣慰的泪水不断涌出……

一天深夜，一场突如其来的泥石流吞没了小山村。救援人员循着哭声刨开泥土，掀开一家屋顶，发现一个三岁的小女孩在梁下蜷缩着哭泣。人们赶紧将小女孩抱起，可她怎么也不肯离开，边用小手指着边哭喊：“妈妈，妈妈！”救援人员沿着隐约露出的一双泥手，小心翼翼地往下刨，惊人的一幕出现了：一个盲女呈站立姿势，双臂高举过头顶，仿佛一尊举重运动员的雕塑。她的身体早已僵硬，而在她的身下，又刨出一个昂首挺立的男人！是小女孩的爸妈用身躯搭起人梯，将小女孩托举在了泥石流之上，托举在了人世之上！

2008年5月12日14时28分四川汶川发生了8.0级地震。

震后，地上一片狼藉。救援人员日夜争分夺秒地搜救着一个个被一根根扭曲的钢筋，一层层倾倒的水泥板柱压着、别着、挤着、盖着的人。在废墟中，人们发现一个双膝双手着地，背向上弓着，姿势诡异的年轻女子。当人们小心地将她身上的水泥板柱一个个掀掉清理开时，在她的身体下面发现一个静静地熟睡着的3～4月大的婴儿。地震时，这位年轻的妈妈用自己的胸怀支撑起了一个安详的苍穹，护佑着孩子躲过了这山崩地陷的灾难！乳汁被吸干了，她就咬破手指，用鲜血喂哺孩子。孩子获救了，这位母亲却永远地闭上了眼睛。在包裹孩子的红色黄花小被子里，人们发现一部手机，机屏上显示着这位母亲临终时留给孩子的短信："亲爱的宝贝，如果你能活着，一定要记住妈妈爱你！"

父母对孩子的爱是无私的，舍己的，彻底的。这爱在人世上，在自然界中，是伟大的！

2018年8月2日

【注】作者在写本文《人是爱子的……》时，参照了某些父母爱子的典型事例，在此向提供事例的人表示感谢。并向所有爱护孩子的父母致以崇高的敬礼！

胡　杨

在红花绿柳却步，人迹罕至的中国西北广袤干旱的大漠中，生长着胡杨。

它，下根深达三十余米汲取水分给养，上高达三十余米沐浴阳光，伟岸的身躯矗立苍穹。

它，从不以环境恶劣而忧，不为生态悖逆而惆，任凭狂风暴沙的袭击，剑雪戟霜的砍伤，盐碱的侵蚀，夏零上四十度烈日的炙烤，冬零下四十度的冷冻，不屈服，不退缩，而坚韧挺拔，奋力向上，且枝荣叶茂，生机勃勃，焕发着雄韵豪气，生命的辉煌。

它，蔑视一切磨难，历经沧桑，数千年不倒，不朽，笑看荒野沙丘。它是大漠中的钢铁硬汉，精魂！！

它的性格特质，象征着中华民族不惧任何艰难险阻，坚贞不屈，顽强向上发展的精神，傲然地屹立于世界东方。

2020 年 8 月 2 日

寓　言

铺路石和鹅卵石

一个滚在路边的鹅卵石对铺路石说：“你们这些傻家伙，蠢货，做了无名的铺路石，让千人踏万轮轧，多么不幸和悲哀啊，我真为有你们这些同姓同宗感到羞耻。

“当初，我和你们一起从深山里被开采出来的时候，却聪明地跳进河里顺水溜了出来，磨去了所有的棱角，成了光滑圆溜漂亮的鹅卵石，可自由地滚来滚去，多自在呀。我才不去做那铺路石呢，如果有谁踩我一下，我就毫不客气地摔他一跤，看他还敢不！？”

铺路石说：“只有大家甘做铺路石，团结一致，携手并肩，舍身负重，世上才有一条条光明大道。如果都像你……”

说到这里，一个护路工人走了过来，对鹅卵石说：“滚开，你这不做奉献的无用东西！”并“啪”的一声将鹅卵石踢到路旁的阴沟里去了。

2000 年 3 月 9 日

【注】此文发表在 2003 年《中州今古》第 1 期上。

小溪流

小溪流从山涧“叮叮咚咚”向前奔腾着。

山沟说：“小溪流，干吗匆匆忙忙地向前奔呢？这里有大山相依，丛林陪伴，灿烂美丽的山花开放，婉转悠扬的鸟儿鸣唱，是人间清幽佳境，就留下来吧。”

“谢谢你的挽留，山沟哥哥，我要到大海里去旅行。”小溪流说。

小溪流流经湖泊边，湖泊说：“小溪流，你看这湖水明澈如镜，湖面上绿荷映衬，红花点缀；水中水草丰盛，鱼虾嬉戏；红楼绿亭倒映湖中，蓝天白云尽收湖里。宛若仙境，就留下来吧。”

“谢谢你，湖泊姐姐。”小溪流说，“我要到大海里去。”

小溪流来到宽宽的河床，大河说：“小溪流，这里土地肥沃，春天两岸豆麦绿油油，菜花黄灿灿，桃花如红云，梨花如白雪；秋天庄稼饱盈盈，瓜果溢清香。太美了，就留下来吧”。

“谢谢你，大河伯伯，我要到大海里去。”

小溪流不辞辛苦，不知疲倦，不畏艰难，跨巨石，绕山川，穿狭洞，闯险滩，不停地向前奔腾着，终流到了大海，与千溪万流汇集在一起，卷起狂澜，托起巨轮，周游世界各地。

2000年5月6日

【注】此文发表在2003年《中州今古》第1期，2006年4月6日《龙湖报》，2006年6月30日《广州民航学院学报》上。

美丽的花蝴蝶

蝴蝶穿上斑斓的彩衣，在花间跳着芭蕾舞。昆虫们见了说，瞧，这蝴蝶多漂亮啊，且脚步轻盈敏捷，舞姿楚楚动人，宛若天仙……

听了大家的夸赞，蝴蝶心里美滋滋的高兴极了。她觉得天上的长虹彩霞也没有自己的衣裳华丽，月宫里的嫦娥舞也没有自己的舞跳得优美。如果没有自己，花就不会开得这样鲜艳，阳光就不会这样明媚。

她看见那些蜜蜂啦，蚂蚁啦，蟋蟀啦，觉得黄不拉喳，黑不溜秋，难看死了。而那只知道扯着嗓子唱的知了呆头呆脑。那挺着大肚子，动不动就挥舞着大板斧的螳螂的细长脖子上，却长了个丁点儿的小脑袋……唉，上帝真没长眼，竟造出这些丑八怪来！而且他们也真傻透了，整天忙忙碌碌，不知道青春的珍贵，不知道什么是生活，怎样去享受，太可悲了……

蝴蝶整天在花丛中跳来跳去，摇首扭腰，做着各种诱人的舞姿，逗人的动作，以赢得别人的喝彩。

春天已逝，夏天也悄悄地过去，冬天的雪花随着北国的寒风飘飘洒洒落了下来。蚂蚁在洞穴里分享着夏天的劳动果实。蜜蜂在舒适的蜂房里品尝着自己酿造的蜜糖。其他的昆虫也都躲进自己建造的松软温暖的小别墅里休息了，而那只花蝴蝶却冻僵在枯草丛里。

2000 年 5 月 10 日

【注】此文发表在 2003 年《中州今古》第 2 期，2006 年 4 月 27 日《龙湖报》，2006 年 6 月 30 日《广州民航学院学报》上。

刀 和 石

主人买了把菜刀和磨刀石带回了家。

石头对刀说："菜刀老弟，你碰到了我算是碰上了冤家对头了，我要让你日损月亏，最终把你磨消！"

刀对石头说："你别小看了我，常言说硬如钢铁，谁不知我刀的厉害？我能把木头砍成万段，骨头剁成碎屑，就是你这顽石我也可以把你磨成粉末！"

"好！咱就磨着看！"石头说。

"好！咱就比比瞧！"刀说。

刀和石互不相让，"嚓嚓，嚓嚓，嚓嚓……"一天、两天、三天，时间长了，刀被磨得瘦消的不成了刀样，石头也被磨光，磨成薄薄的石片而断裂。

2000 年 6 月 30 日

【注】此文发表在 2003 年《中州今古》第 2 期上。

笼 中 鸟

被关在笼中靠别人喂养的鸟，渴了喝几口壶中的清水，饿了啄几粒盘中的小米；想活动时就在笼中的枝杈上蹦蹦跳跳，高兴时就唱几支歌。它没有觅食的艰辛，筑巢的劳累，不受风雨的袭击，雷电的惊吓，烈日的暴晒，冰雪的寒冻，生活悠然自得。

但它失去了自由，无法领略天的高，地的阔；也不知道山和林，河和海的美。

2014 年 4 月 12 日

【注】此文发表在 2003 年《中州今古》第 2 期上。

虹

一阵雨过后，太阳从云缝中露了出来，天空中出现了一道弯弯的长虹。

“虹，虹，”人们竞相观看，“美丽的彩虹”！

“赤橙黄绿蓝靛紫，我是世上最美丽的桥！”虹说，“来吧，沿着我的七彩路可步入云端阅看人间大好河山，可通向天河与织女牛郎会面，可到天宫游览，可赴蟠桃盛宴……”

可没有人沿着虹走上去，因为人们知道虹虽美丽但不务实，它的话是诓人的谎言。

2001 年 5 月 18 日

【注】此文发表在 2004 年《历史文化研究》第 3 期上。

仙鹤和鸵鸟

很早的时候，仙鹤和鸵鸟同在一片草原上生活。后来，由于天气变暖这草原缺水干旱，花草树木逐渐枯萎，土地裸露而沙化。

一天仙鹤们与鸵鸟商量，要开辟一片新的生活天地解除后顾之忧。

“那样，太劳累辛苦了。”鸵鸟说，“这里水草虽不比以前丰盛，但还有一些树枝草叶果腹，且也省事省心，悠然自得。再说，同是一个天下，外边能会比这里好到哪里去？”

由于鸵鸟对仙鹤的再三建议和劝说不理会，仙鹤们只好自己起程了。它们展翅飞上蓝天，在天空遨游，巡视着大地。它们飞呀，飞呀，飞了很远很远，发现一个有山，有河流湖泊的地方，就住了下来。

为了防止这里的河流干涸，湖水退却，土地沙化，仙鹤们四处采摘树木果实，花草种子，衔来培育种植。这样日复一日，年复一年的辛勤劳动，使这里森林满山，花草遍野，碧水盈川，成了鸟的天堂，兽的乐园，鱼的故乡。而仙鹤们在这里建房造屋，一代代生儿育女。

由于鸵鸟们不愿去开辟新的天地，也懒得对环境进行保护和改造，那片草原已沙化。而因它多年懒怠飞翔，翅膀已退化，失去了飞翔的能力，再也飞不上了蓝天。它只有靠双腿在沙漠里奔走，去寻找那还没有绝迹的树芽草根度日。

2002 年 6 月 12 日

【注】此文发表在 2004 年《历史文化研究》第 3 期上。

猎豹和野猪，和野牛

一只猎豹在灌木丛中寻找猎物。它发现几个小野猪跟在大野猪们的后边学拱野山芋吃，认为这小猪又肥又嫩，味道一定很鲜美，想捕猎一个饱餐一顿，于是就向一小猪发起了攻击。

听到响声，野猪们警觉地发现猎豹向它们袭来，便吼叫着，呐喊着：“猎豹没有什么可怕的，向它反击！”并由一头雄猪带领，群起而勇猛地向猎豹冲去。猎豹始料不及，望风掉头而逃。野猪们奋起直追，将它打翻在地。猎豹栽了个大跟头，起身快速逃窜。

“厉害，厉害，野猪真厉害！”猎豹感叹着。它浑身伤痕累累，险些丧命，惴惴地躲在灌木丛中，气喘吁吁地好久才定下神来，再也不敢打野猪的主意了。

不远的草原上，有一群野牛在悠闲地吃草漫步。猎豹窥之，见其个大体壮，两角弯弯，巨目圆睁，觉得这庞然大物一定比野猪更凶猛力强，不敢贸然近前。

野牛们发现灌木丛中隐藏着猎豹，惊恐万状，四下躲散。猎豹见野牛如此惧怕自己，便大了胆子，悄悄地向一头野牛靠近观察试探。当这野牛发觉近前的猎豹时，便狂奔逃命，但已经迟了。猎豹几个箭步追上去，猛地咬住了它的咽喉。其他的野牛只是躲得远远地观看，不敢也不愿去救助被害的同伴。它们认为，猎豹是兽中一霸，不能为了别的牛得罪猎豹而自身惹祸招害。

但，它们不知道，群起可将猎豹抵成肉饼烂酱；也不知道，下次被猎豹残害的是它们当中的又一个。

2002 年 8 月 10 日

【注】此文发表在 2004 年《历史文化研究》第 3 期上。

苍蝇和蜜蜂

苍蝇见到了蜜蜂忿忿地说：“我们在同样的天地间生活着，你却受到人们的宠爱，得到人们的精心呵护，可人们一见到我就轰赶甚至追打，这太不公平了。”

“你应该查一查自己做错了什么。”一旁开放的芍药花听到了苍蝇的抱怨，说，“如果你不改变自己的行为，就不可能得到人们的原谅。”

2002 年 5 月 20 日

【注】此文发表在 2004 年《历史文化研究》第 3 期上。

大理花和小枣花

园中的大理花开了，盘子那么大，火红鲜艳，亮丽耀目，引得不少游人驻足观赏，赞叹不已。

大理花旁的一棵枣树上开着小小的枣花。大理花对枣花说：“小枣花，你什么能耐，花开得一点点，绿拉吧叽的无光无彩，有谁会欣赏你，赞美你？你给我们花丢尽了脸，你就不配做花……”

对大理花轻蔑的奚落，枣花不自轻自卑，不争不辩，仍散放着她沁人的清香。

到了秋天，枣树的枝头上结满了一颗颗又大又红又脆又甜的枣子，而大理花的枝头上空空落落，什么果实也没有。

2005 年 6 月 2 日

避雷针

避雷针，从不夸耀自己的功绩，强调自己的重要，任凭冬寒夏暑，不管风吹雨打，不分白天黑夜，总是默默地守候在自己的岗位上不离开半步。每当电闪雷劈时它宁愿自己触电，也要冲上去保护一方生灵的不灭和财物的安全。

2006 年 6 月 20 日

小 雨 点

大火借助风力在森林中手舞足蹈地欢呼着要把森林化为灰烬，显示它不可抗拒的威力。森林被大火烧得“噼噼啪啪”，动物们被大火烤得狂奔逃命。

天上的小雨点发现了森林中的大火，急急忙忙飞来要扑灭它。大火厉声喝道：“小雨点，关你什么事！快远远地滚开，别自找没趣。如果你敢来扫我的兴，我立刻就把你烤得无影无踪！”

小雨点并不惧怕大火的威胁，从空中飞冲下来，但还没有接触到火，就被热浪化成白烟冲回天空。白烟又变成小雨点飞冲下来。这样千千万万个小雨点冲下飞上，飞上又冲下，前赴后继，不遗余力，与大火展开殊死拼搏，终将大火扑灭，保护了森林。

2006 年 8 月 10 日

猴教练

运动场上，猴子正在训练熊，要把它培养成举重冠军。

“心想事成，心想事成，”猴子说，“要有必胜的信念，只有心里想着我一定要把杠铃举起来，我一定能把杠铃举起来，才能举重成功。”

“两手紧握杠铃，”猴子说，“使尽全部气力，利用爆发力，冲击力，猛地举起！”随着猴子的指令，熊猛地把杠铃举在胸上。“同时跨步，加上必胜的意念努力向上举起！举起！！”猴子呼叫着。但熊尽管使出了很大的气力终未能将杠铃举过头顶，“嗵！”的一声，杠铃砸在了地上。

“猴老师，我，没能，准确地，把握住您所说的，要领”。熊喘着粗气说，“请您给我做个，示范动作行吗？”

“你先歇歇，歇歇，我叫小鹿给你打点水来……”猴子说罢溜走了。

2006 年 12 月 12 日

八哥和啄木鸟

老槐树的横枝上悬挂着鸟笼，笼中的八哥正发出高中低多种的鸣叫声练习嗓音。

老槐树的干上生了蛀虫，被蛀虫咬碎的木屑和树的汁液从蛀虫的洞口溢出。一只啄木鸟飞来，在树干上“嘭嘭嘭”地叩诊着，检查蛀虫所在的准确位置，为槐树除去虫害。

“啄木鸟老弟，你辛辛苦苦地忙什么呀？”八哥向啄木鸟说，“来来来，我教你学舌。将来你投个主子，只要言花语巧，说得婉转，唱得动听，就能得到主子的豢养，有何生活之忧愁？”“要多揣摩主子的心和意，说话先把主子的脸色看。他说糖不甜你说咸，他说盐不咸你说淡；他说地球不圆你说方，他说月亮不明你说暗；他说公鸡能下蛋你说亲眼见，他说耗子能飞舞你说已成蝙蝠飞上天……主子生气时你要多说宽心话，主子高兴时你要多耍嘴皮逗他玩，主子得志时你要多唱颂歌把他赞。千万呐，戗茬的话你可别说，切莫胡乱提意见。哪壶水不开你别提哪壶，哪盘子菜不吃你别端哪盘。总言之，为了自身的名和利，什么伦理道德人格品质统统抛一边。可以把假说成真，把丑说成美，把辱说成荣，把恶说成善；把对说成错，把白说成黑，把长说成短，把直说成弯……可以昧着良心说赖说，信口雌黄，无中生有，编造是非，对同事邻里亲戚朋友进行诽谤和诬陷……凭借着，我们的巧嘴和利舌，要说得声声他入耳，唱得句句他心欢。只要能，得到主子的赏识和器重，就能够，得到金黄的小米银白的蛋[①]鲜嫩的虫子作美餐。还可以，被提拔做个鸟儿官……”

“八先生，”啄木鸟说，“你这种本事我学不来，缺德的事儿我不会干。奉劝你，将心思精力多用在为大家把有益的实事干。”说罢，啄木鸟从槐树干中捉住了白胖的蛀虫，飞走了。

2006 年 5 月 6 日

【注】①银白的蛋：据有养八哥经验的人说，饲养八哥需喂鸡蛋。

玉

山石中有一块玉，它主体细润光滑，晶莹透亮，光彩熠熠。石头们夸赞它：“这玉是世上少见难得的珍宝，若能去掉玉上的瑕，按照一定的物体形象进行精雕细琢，抛光打磨，定能成为价值昂贵的玉器。”

“不，”玉说，“那样会破坏我自身的完整，使我面目全非，就不是我了。尽管我的身上有些瑕点也属正常现象，金銮殿上还有三片烂瓦，万年青上还有几枚黄叶，金无足赤，人无完人，世上哪有十全十美的事物，孰无缺点？……”

由于玉拒绝大家的意见，不愿去掉身上的瑕疵和改进，终是块玉，没能成器。

2007年10月6日

兰花·野草

兰花，花娇艳美丽，芳香四溢，被主人誉为花之公主。

主人用松之嫩叶晒干研成末作土壤，用香饼闷熟粉碎作肥料，将土肥消毒灭菌后把兰花植入其中移在花圃里。

土肥干了，主人及时浇水怕她渴坏了，水浇多了又怕她撑着了；夏天，赤日炎炎，主人给她搭上凉棚怕她被烈日灼伤了；下雨，主人给她撑起雨伞怕她经雨着凉了；刮风，主人给她扣上防风罩怕她被风吹倒了；冬天，主人给她盖上玻璃房，通上暖气，并夜晚亮着灯泡怕她被霜雪冻僵了。

主人因事出了远门。

主人走后，天，数日无雨，烈日当头，土地干旱，兰花焦渴难忍，盼望主人给她水喝。天突然骤变，刮起了西北风，温度急剧下降。黑云随风滚滚而来，豆大的雨点夹杂着冰雹噼里啪啦砸了下来，兰花身上多处被砸伤疼痛难忍，她盼望主人快来为她遮风挡雨。天不作美，连阴月余，兰花在凄风苦雨中瑟瑟发抖。那些病菌病毒也向她袭来……兰花喘着微弱的气，奄奄一息……

数月后主人归来，见到兰花心疼得噙着眼泪，即刻将她移入花房中抢救……

然而圃中的野草仍碧绿荣荣，生机勃勃。

2007 年 12 月 8 日

狐和虎

一天，虎又碰到了狐，说："狐狸哪里去！上次你假借我的威风骗了我，现在看你还怎么说？！"

"虎先生，"狐说，"我哪里是骗你。只是这森林中的禽兽们一提起你的名字就惶惶不安，连大气儿也不敢出，我是想看一看你到底有多大的威慑力。和你走一遭真让我大开眼界，那些飞禽走兽只要远远地望见你的形影就怕得迅即逃命，你的确是这森林中的一大霸啊。"

"是吗？"虎得意地"哈哈哈哈……"笑得地动山颤，"这里没有谁敢对我不敬畏的，禽兽们即使是看我一眼也吓得浑身发抖。"

"不过，"狐说，"很多禽兽到天帝那里告状，诉说你伤害了他们的亲眷好友，要求天帝治罪于你。天帝要我通知你到他那里投案自首，老实坦白罪行，争取从宽处理。”

“啊？！”虎很愕然，即刻收起凶相满脸堆出慈祥，说，“你还不知道吧，我现在已洗心革面，改过自新，改邪归正了。我天天吃素戒腥，祝愿那些小禽小兽们幸福安康，祈求天帝保佑它们长命百岁。”接着又对狐狸说：“请你在天帝面前先替我多多美言，就说我老虎不再做伤禽害兽的事了。我愿与大家和睦相处，共建美好家园。我现在就闭门思过，写出所犯的罪行材料。”说罢，慌慌张张回老虎洞中去了。

虎走后，狐说：“对于你这样凶狠强悍蛮横无理的家伙只有多个心眼儿才是。”

2007年11月12日

狼和小羊

小羊在河边喝水，一条大灰狼向它奔来。小羊抬起头惊问：“你要干什么？！”

“干什么？”狼“嘿嘿嘿”地奸笑着，“今天我还没有吃早饭呢，你正好够我饱餐一顿。”

“来人哪，快来人哪！大灰狼来啦！”小羊呼救。

“喊什么？嚷什么？！没有人来救你了。”狼说，“从前人们见到我们就群起而攻之，常言说像打狼的一样，恨不得将我们斩尽杀绝，让我们断子绝孙，从地球上消失。哈哈，谁料想三十年河东，三十年河西，时过境迁，今天我们豺狼竟成了人们的宠儿，那些凶残的虎豹鳄鱼毒蛇也成了人们的重点保护对象。有朝一日老鼠、苍蝇、蚊子、虱子、臭虫、跳蚤、病菌病毒从地球上消亡的时候人们还会拯救它们呢。人们还特意用活鸡活羊让我们追杀撕咬，说是训练我们的野性，培养我们的生存本领……

现在谁打我谁犯法，我吃你活该。来吧，乖乖地让我吃掉，只有用你的死才能换得我的生。我会记着你的功德，超度你的亡灵升天……”

一头大象闻声赶来对大灰狼说：“你这丧尽天良的强盗、无赖、恶棍，决不能让你残害他人的罪恶行径得逞。”并用长长的鼻子卷起一块石头向狼狠狠地掷去，狼被砸折了一条后腿，一瘸一拐地逃走了。

2008年2月2日

故　事

保 山

很早的时候，有个小孩叫保山。他聪明，勇敢，善良，又非常孝敬父母。

一次，他的父亲躺在床上昏昏迷迷。当地的医生都请过了，没有诊断出是什么病，山上的药草都吃过了，仍不见他父亲清醒，这可急坏了家里的人。

传说，有一种神奇的“甘霖水”，喝了能治好父亲的病，于是保山就背起水壶，带着干粮，走出家门去寻找这种“甘霖水”。

他翻山越岭，蹚河涉溪，不怕路遥远，不畏道难行，走啊，走啊……

一天，他走进了一片大森林。森林里有间小房子，房子里有个满头白发的老婆婆，手摇着纺车，“嗡嗡嗡”地在纺棉花。

“您好啊，老婆婆。”保山上前一揖道。

老婆婆抬起头来，问道：“孩子，你叫什么名字，从哪里来，到这儿有什么事要做？”

“我叫保山，从太行王家营来。我父亲得了一种怪病，躺在床上昏昏迷迷的不醒。要找一种能给我父亲治病的‘甘霖水’。”保山说，“老婆婆您知道哪里有这种水吗？”

“好孩子，”老婆婆说，“我已经活了一百多岁了，还没有听说过哪里有这种神奇的‘甘霖水’。不过，我有个姐姐，今年已经二百多岁了，住在离这三千三百里的大明山上，你可去问问她知道不知道。”

“老婆婆，大明山在哪里，我怎么走？”保山问道。

“这样吧。”老婆婆站起来，走到房后“啪！啪！啪！”拍了三声掌。一会儿，孔雀、百灵、黄鹂、杜鹃、喜鹊、鸽子、斑鸠、锦鸡、啄木鸟、猫头鹰、仙鹤、天鹅等很多鸟儿都飞来了，问道：“主人，唤我们来有什么吩咐？”

老婆婆说：“有个小孩叫保山，要到大明山上我姐姐那里，你们谁送他去？”

“我去！我去！我去！”鸟儿们都争着去。老婆婆说：“就让仙鹤去吧。”

仙鹤飞到保山跟前说：“你骑在我的背上，我飞得很快，小心别掉下来。”

保山骑在仙鹤的背上，仙鹤展开翅膀，飞呀，飞呀，飞了三天三夜，落在了大明山上。山上有个小房子，房子里有个满头白发的老婆婆，脚踏织布机，手传织布梭，在“哐当，哐当”织布。保山走上前一揖，道：“老婆婆，您好啊。”

老婆婆抬起头来，看着他问道：“孩子，你叫什么名字，从哪里来，到这儿有什么事要做？”

“我叫保山，从森林老婆婆那里来，找一种能给我父亲治病的‘甘霖水’。”保山说，“老婆婆，您知道哪里有这种水吗？”

老婆婆摇摇头，说：“我也不知道哪里有这种‘甘霖水’。不过，我有个姐姐今年已经三百多岁了，住在离这三千三百里的东海边，你可去问问她知道不知道。”

“老婆婆，我怎么个走法？”保山问。

“这样吧。”老婆婆站起来，在山上“啪！啪！啪”！拍了三声掌。一会儿，那些獾、猞猁、山里猫、狐狸、鹿、熊、老虎、豹子等百兽都来了，问道：“主人，唤我们来有什么安排？”

老婆婆说：“有个小孩叫保山，要到东海边我姐姐那里，你们谁送他去？”

“我去！我去！我去！”百兽们都争着去。“就让白虎去吧。”老婆婆说。

白虎来到保山跟前，说：“你骑在我的背上，小心别摔下来。”

保山骑在白虎的背上，白虎“哒哒哒哒……”跑了三天三夜，来到东海边。海边有个小房子，房子里有个满头白发的老婆婆，在拿着针线做衣服。

保山走上前，一揖道：“老婆婆，您好啊。”

老婆婆抬起头来看着他，问道：“孩子，你叫什么名字，从哪里来，到这里干什么？”

“我叫保山，从大明山上老婆婆那里来。为了给我父亲治病，找一种‘甘霖水’。”保山说，“老婆婆，您知道哪里有这种水吗？”

“我知道。”老婆婆说，“离这三千三百里的东海里，有座三千三百丈的高山，叫天柱山。山上有个天池，池中有聚天地之灵气，日月之精华的雨露为‘甘霖水’。喝了这‘甘霖水’不但能治百病，而且只要说声，“神奇的‘甘霖水’呀，让我变得年轻一些吧，”人就会变得健壮年轻。不过，这‘甘霖水’经过三百三十年的孕育才能出现一次，而在这年的三月初三那天，日出而聚，日没而散又回归到大气中。孩子，你来得正好，今年正是三百三十年一次的大轮回。你必须在三月初三那天取到这种‘甘霖水’，不然就要等到下一个三百三十年了。”

“那么，老婆婆我怎么能到达天柱山呢？”保山问。

“这样吧。”老婆婆站起来，到东海边“啪！啪！啪”拍了三声掌。那些海虾、海螺、海蚌、海蟹、海龟、海狗、海狮、海豹、海豚、黄鱼、带鱼、旗鱼、绯鱼、金枪鱼等海中水族都游了过来，问道：“主人，唤我们来有什么事要做？”

“有个小孩叫保山，要到东海天柱山，你们谁送他去？”老婆婆问。

“我去！我去！我去！”大家都争着去。“那就让海豚去吧。”老婆婆说。

海豚游到海边，对保山说：“你骑在我的背上，我跑得快，小心别掉下去。”

保山骑在海豚的背上，海豚冲风破浪，在海面上“哧哧哧哧”……跑了三天三夜，到了天柱山边。

保山面前矗立着一座直入云天的高山。山上烟笼雾绕，云蒸霞蔚；崖悬壁峭，怪石林立；古木参天，荆生藤旋；奇花绽放，异卉欣荣；鹤鸣猿啼，狮吼虎啸；清水潺潺，飞流直下……好一派俊秀壮丽的景色！

保山顾不得多看这些景致，抓藤登石往山上攀爬。他渴了就喝点山上的流水，饿了就吃些树上的野果，脚被山蒺藜扎伤了，手被棘刺划破了也不怕疼痛。他战山风，破迷雾，驱蟒蛇，避虎豹，爬啊，爬啊，终于在三月初三早晨爬上了山顶，找到了天池，在池中灌了一壶“甘霖水”。

保山下山后，骑在海豚的背上，海豚在海面上“哧哧哧哧”跑了三天三夜回到了东海边。见到了老婆婆，保山说：“老婆婆，‘甘霖水’灌回来了，请您先尝一尝吧。”老婆婆尝了一点。保山说：“神奇的‘甘霖水’呀，让老婆婆变得年轻一些吧。”说罢，老婆婆变成了二百多岁。保山让老婆婆再喝一些，老婆婆说：“不再喝了，留给你父亲治病吧。”

“谢谢您，老婆婆。”保山向老婆婆挥着手。

“祝你父亲早日康复，孩子。”老婆婆向保山点着头。

保山骑在白虎的背上，白虎“哒哒哒哒”跑了三天三夜，回到了大明山。

见到了老婆婆，保山说：“老婆婆，‘甘霖水’找到了，请您尝一尝吧。”老婆婆尝了一点。保山说：“神奇的‘甘霖水’呀，让老婆婆变得年轻一些吧。”说完，老婆婆变成了一百多岁。保山让老婆婆再喝一点，老婆婆说：“不再喝了，还要留给你父亲治病呢。”

“再见，老婆婆。”保山向老婆婆道别。

“祝福你，孩子。”老婆婆向保山挥着手。

保山骑在仙鹤的背上，仙鹤飞呀，飞呀，飞了三天三夜，飞回了大森林。

保山见到了老婆婆，说：“老婆婆，‘甘霖水’找到了，请您尝尝吧。”老婆婆尝了一点。保山说：“神奇的‘甘霖水’呀，让老婆婆变得年轻一些吧。”说完，那老婆婆变成了一个十六七岁的漂亮的少女。

“谢谢你了，保山。”少女说。

保山要回去了。少女向他挥着手：“保山再见！”

“小姑娘再见！”保山向少女挥着手道别。

保山回到了家。他父亲仍昏迷地躺在床上。保山打开壶盖，慢慢地将“甘霖水”灌在他父亲嘴里，并说：“神奇的‘甘霖水’呀，把我父亲的病治好了吧。”刚咽下去一点，他父亲慢慢地睁开了眼睛，并觉得浑身轻松，精神爽快，于是跳下了床，病除了。

村上的小朋友们知道保山为他父亲治好了病，都来表示祝贺。保山让孩子们都尝一点“甘霖水”，并说：“神奇的‘甘霖水’呀，让小朋友的身体都健康吧。”说完，小朋友们个个都变得机灵，活泼，健壮。

保山家乡的老百姓听说保山找来了能治病的“甘霖水”，纷纷来求保山医病。

保山用神奇的“甘霖水”为群众治好了多种疑难病症，盲人见到了光明，聋子听到了声音，哑巴能讲话了，瘸子能走路了，就连丑小姑娘也变得漂亮了。

保山的名字被大家传颂着。可保山为大家治病的事儿也传到了当地的大恶霸财主王老虎的耳朵里。

王老虎仗着有钱有势，和官府有勾结横行乡里，欺压百姓。谁家的土地肥沃，他就想法霸占为己有。谁家有值钱的东西，他就想法弄到手。谁家的姑娘长得漂亮，他就抢走。当地的老百姓得向他缴粮纳贡，否则，不是被杖打，就是被关押。老百姓都恨透了他。

王老虎派人把保山抓来，让他缴出“甘霖水”。

“那不行，”保山说，“这是给百姓治病用的。”

“老百姓，老百姓能给你啥好处，嗯？！只要缴出‘甘霖水’，我可以给你荣华富贵，还可以保你到府上做官。”

保山不理睬他。

“你这不识好歹的东西。”王老虎吼了起来，“来人，把那‘甘霖水’壶给我抢过来！”立刻出来了几个五大三粗的打手，把“甘霖水”壶抢了去。

王老虎捧起水壶，“哈哈哈哈……”放声大笑，“我要变年轻了，我要长生不老了，我要永远有钱有势，永享荣华富贵了……”说着，仰起头就往肚里灌。

他刚喝了一口，保山说道：“神奇的‘甘霖水’呀，让王老虎变个大老鼠吧。”话音刚落，那王老虎竟奇迹般地变成了一只人人见了人人喊打的大老鼠。他赶快钻进老鼠洞里躲了起来，只在夜里溜出来，偷东西，盗粮食，咬家具，干些坏事。

1996年10月

【注】该文是神话故事，切勿寻找故事中的“甘霖水”。

小 说

路 弯 弯

一九七五年春的一天夜晚，田原村南的打麦场上用长棍和秫箔搭着舞台。舞台两边柱子上挂着的汽灯照得舞台雪亮。

台上一个女孩上穿玫瑰红色的宽大衣衫，下穿洁白的长裤。她面带微笑，嫩白的脸蛋上长着双漂亮的大眼睛，长长的睫毛，红润的嘴唇两旁显出浅浅的笑靥，简直是个仙子。随着婉转悠扬的笛声，女孩翩翩起舞唱着：

这里，
没有高大的楼房，
没有轰鸣的车辆，
没有红灯绿酒，
没有繁华的商场，
却宁静安详。

这里，
果树成林禾苗壮，
春天鲜花绽放，
秋天瓜果芬芳，
还有那清清的小河水呀，
哗啦啦地流过小村旁。
啊，

这是我的家乡。

……

一曲终了，女孩向台下的观众深深地鞠了一躬。可能是台下人没有见到过这样漂亮的女孩，没有听到过这样美妙的歌声，一时间竟静得能听到人们的呼吸，只见几千张一圈圈被汽灯照得泛白的双目注视着舞台的脸。

“再唱一个！”不知是谁如梦方醒，举臂高呼。

“再唱一个！”

“再唱一个！”

“……”

其他的人也如梦方醒举臂呼唤。接着爆出经久的雷鸣般的掌声。

谢不了幕，女孩微笑着看着伴奏的男孩。男孩点点头。于是笛声如杜鹃，歌声如黄鹂，笛声如夜莺，歌声如百灵，相互应和着忽高忽低，此起彼伏在夜空中飘荡回旋……

那女孩叫楠楠，十七岁，两年前毕业于县宏达中学。由于她嗓音清亮圆甜，是学校的名歌手。由于她容貌娇艳美丽，又是学校的校花。在当时“我们也有一双手，不在城市吃闲饭”城市居民下乡的形势下随父母下乡到田原村落户。那男孩叫建成，二十一岁，两年前毕业于县高中。他爱文学，喜音乐，善绘画，又练得一手好书法，被县高中誉为“多才生”。在当时全国各大学停止招考的情况下，他毕业后回乡。建成和楠楠都被群众推荐到大队学校教书。舞台上的词曲是建成为楠楠的演唱所作。

……

春光融融，暖风徐徐。小河两岸的榆、柳吐出了嫩绿，桃花、梨花散放着清香。

夜晚，河边飘出低婉圆浑的箫声。楠楠蹑手蹑脚地走到建成的背后，用双手捂住了建成的眼睛窃窃地笑。

“是楠楠。”建成说。

楠楠咯咯地笑出声来，问：“你怎么知道是我？”

“我已嗅到你特有的体香。你怎么来了？”建成问。

“是你喊我的呀。你在这儿吹箫，不是要我来与你唱和的吗？”

建成笑了。

楠楠和建成并肩坐下，随着箫声低唱着《春江花月夜》，《高山流水》，《采茶扑蝶》，《康定情歌》，《小河淌水》……随着他们的吹唱，河里的鱼儿在水面上欢快地跳跃，青蛙们轻快地歌唱，花间的粉蝶翩跹曼舞，树上的鸟儿清婉地啭啼……

“啊，太美了。”建成说。

“真的太美了，在这里一世也不会生厌。”楠楠说，“要是我们都再有一份称心的工作就更好了。”

“教书不是很好吗？”

“教书是好。可我们现在只是没有国家编制的民师。希望咱俩都幸运。”楠楠说。

“那就看我们以后的机遇了。”

……

箫声起，随着箫声楠楠低唱着：

十五的月亮飞上了天空哟，
为什么旁边没有云彩，
我等待着美丽的姑娘哟，
……

光阴如梭，时已入秋。

一天傍晚楠楠放学后回家，走到村南路口迎面遇上等候她的大队民兵营长德泯。

“楠楠等等。”德泯说。

“有事吗？营长。”楠楠有些脸红，问。

“是这样，”德泯说，“东院王姨想请你到她家坐坐，说说话儿。”

“我和王姨不太熟识，有什么话要说的呢？”楠楠说着又要往家走。

“莫慌。”德泯说，“既是王姨有事请你，哪有拒绝的道理？说说话也无妨。”

无奈，楠楠疑惑地随德泯朝王家走去。

王姨家是村里的大富户，住在村东头一个大院里。院子里打扫得干干净净，院中停着一辆新北京吉普车。院子靠后新盖着三间大堂屋。屋里明亮的大玻璃罩灯照得大衣柜、桌、椅明晃晃的。堂屋当门间靠后墙摆放着枣红色锃亮的条几。几上放着收音机和大座钟，钟的秒针随着钟摆围绕着钟轴“咔咔”有节奏地向前走着。条几前摆放着八仙桌，桌上摆满了盘盘碟碟热气腾腾的鸡鸭鱼蔬，山珍海味。王姨的丈夫王志成在县工业局当局长，儿子王鲲鹏在县机械厂保卫科当科长。今天是星期六，父子回家与王姨团圆。

刚进门，王姨便迎上去拉着楠楠的手："楠楠，难得你到俺家。来来，里边坐。"她把楠楠让到桌的西边和楠楠一同坐下。桌的东边坐着王志成和王鲲鹏父子，桌的南边坐下德泯。

德泯打开"五粮液"酒瓶盖，屋里弥漫着酒的醇香。他往每人面前的杯中斟过酒后举起自己的酒杯说："今天，为王姨全家的团圆，并为欢迎楠楠的到来端起杯，干！"

王姨为楠楠端起杯。楠楠忙站起身来，红着脸推辞着："谢谢王姨，我不喝酒。"

"那好。你们喝，你们喝。"王姨对德泯他们说，"楠楠不喝酒，就不要勉强她了。"说着拿起筷子一样样往楠楠面前的盘中夹菜。

三杯酒落肚，德泯已有些醉意。他把酒杯再斟满后说："来，为了楠楠有个好的前程，为了楠楠的幸福，咱们再干一杯！"说着和王志成王鲲鹏父子碰过杯将酒一饮而尽。

"楠楠，王姨相中你了，托我做媒给她家说媳妇。"德泯说，"鲲鹏今年二十岁，你们年龄相当，相当。王叔是县里的名人。鲲鹏在城里工作，吃的是商品粮，端的是铁饭碗，这可是打着灯笼也难找的家呀，你掉到福窝里了！事成之后，再让王叔在城里给你安排个工作，强似在农村当孩子王"。

"好说，好说。"王志成乐呵呵地说，"县工业局正缺打字员呢，安排工作不成问题。"

喝得醉醺醺的王鲲鹏，叼着烟卷，满口喷着烟酒气，两只眼珠子贪婪地在楠楠身上滚来滚去。楠楠绯红着脸浑身不自在，尽管王姨一个劲地往她面前的盘中夹菜，却吃不下去。

“当，当……”座钟敲响了九下。楠楠站起身来说：“王姨，我该回去了，晚了我爸妈会挂念的。”

“莫慌，莫慌，多坐一会儿。”王姨舍不得地拉着楠楠的手，看楠楠执意要走，将楠楠送到大门外，“楠楠慢些走，有空儿，多到家来啊。”

楠楠深一脚浅一脚磕磕绊绊地回到家。她躺在床上翻来覆去，想：到学校以后，建成像大哥哥一样关心爱护自己。他经常给自己讲历史故事，讲新知识；讲音符，音程，音准，音量，音色，音域，节拍，节奏，旋律，乐律等；教自己歌曲识谱视唱，为自己写词作曲。从他那里学得了不少知识，懂得了不少事理。人们都夸赞他们男才女貌，是上天撮合的一对儿。然而，工作，工作，太吸引人了。她一夜未能入睡，失眠了，直到黎明才昏昏沉沉地睡去。

在以后的日子里，楠楠见到建成总觉得有愧似的，眼光躲躲闪闪，说话也没有以前那样自然。建成知情后怅然道，自己是个乡下民师，怎能留得住楠楠的芳心呢？

王志成三十多岁才得一子，起名鲲鹏，希望儿子有鲲鹏之志，将来成就一番大事业。这鲲鹏是王家的独根独苗，掌上明珠。王家夫妇对鲲鹏非常娇宠，无论什么事横竖都依着他顺着他。谁知有心栽花花不成，鲲鹏吃好饭，穿好衣，学习不刻苦，小学没上完就辍学了，终未能成器。学业无成的鲲鹏倒学会了吸烟，喝酒，打牌，摆阔，仗着老子是工业局局长，并有一帮不三不四的酒肉朋友拥着，说话做事骄横霸气。谁若对他稍有不顺，轻则破口大骂，重则拳脚相加。大家当面叫他王少爷，背地里却叫他王混混。

村上的人知道德泯将楠楠说给王家做媳妇，都说亏了楠楠，是一朵鲜花插在了牛粪上。

一个星期六的下午，王姨早早地等候在村南路口。当楠楠的身影出现时，王姨迎上去，说："楠楠，累了吧。走，咱们进城看电影去，票已买好了。辛苦一个星期了，放松一下，休息休息脑子。"

"不，王姨，我还没有到家呢。"楠楠推托着。

"我已教德泯告知你爸妈了，他们会放心的。"王姨拉着楠楠的手将她拥上了车。

王志成和鲲鹏坐在前排，王姨和楠楠坐在后排。鲲鹏发动着汽车，朝着五十里远的县城驶去，车后扬起一溜尘烟。

深秋的夜晚，寒风瑟瑟，片片树叶从树上簌簌落下，秋虫们"吱吱吱"地对秋天唱着挽留的歌。村西小河边飘出阵阵凄婉幽忧的箫声……建成吹箫排解胸中的痛苦和郁闷。

吹着，吹着，有人将一件绒衣轻轻地披在了他的肩上。建成回首一看，是英子。英子是大队团支部书记，和楠楠同龄同校毕业，在大队学校兼任民师。她模样端庄，具有农村姑娘的质朴大方。她清楚建成和楠楠之间的感情，曾从内心里对他们祝福，又对楠楠离开建成而对她抱怨。

通过东边的月光，见到建成眼里含着泪，英子惊异地说："建成哥，你不能这样，你不该这样。"英子掏出自己的手帕递给建成和建成并肩坐下，"我知道你心中的痛苦，但不能为了儿女情长这样消沉下去。以后的日子还长着呢，路子还长着呢，你一定要振作起来。你是咱县高中的特优生，将来国家要恢复了高考制度，各大学招生，考大学你一定行。……”

在以后的日子里，英子替建成洗衣，帮他辅导学生，收集复习资料，让他有更多的时间静下心来复习功课。文化大革命结束后的一九七七年冬，国家恢复了高考制度，建成稳步走上了考场。

考后的每一天里，英子总是翘首以望，盼着好消息。

十二月下旬的一天中午，邮递员送来了建成被大学录取的通知书。英子高兴得像个天真的孩子，快步向建成家边跑边喊："建成哥，考上了，考上了，黄河大学文学院！"

"考上了，考上了！"这一消息很快传遍了大队各村。

一九七八年春节过后正月初十的上午，天空晴朗，全村男女老少到村口送建成上学。前院大娘往建成衣袋里塞着煮熟的鸡蛋；后院婶子往建成提兜里装着红枣。东院大哥嘱咐着，国家把上大学的机会给了咱，咱可要好好多学知识，将来为国家建设多出力；西院大嫂安排着，走后可别忘了咱家乡人……

"我说呀，"拄着拐杖的九十多岁的白胡子四公公清了清嗓子，"建成他爸妈，你们养了个好儿子，考上'状元'啦，给咱祖上长了脸，争了光，全村人也都感到光彩。"

"不是'状元'，"建成搀扶着四公公说，"是再上几年学。"

"怎么不是'状元'？"四公公用手捋着他那银白的山羊胡子说，"咱这十里八村自古以来有谁中过举人，考上过秀才？上大学你是第一个，第一个不是'状元'吗？"说罢哈哈大笑。

"要说咱村的坟茔好，风水旺，那是迷信话，我老汉不信那个。要说人'从小看大，三岁看老'这话我信。咱建成娃是在我跟前长大的我知道。这孩子从小就跟别的孩子不一样，懂礼节，尊老爱幼，勤奋好学，知道得多。咱村的那些娃们常常围在他身边要他讲故事，有啥不懂不会的问题都问他。我就说这孩子将来有出息，看让我言中了没有？”说罢又哈哈大笑起来。

……

“四公公，请您老留步吧，留步吧。”建成握着四公公的手。“爸妈别送了，婶子大娘哥哥嫂嫂请留步吧，放假后我回来再看望你们。”建成向乡亲们挥着手。他背着行囊健步向县城火车站走去。

送行的人群中缺了两个人，一个是英子，一个是楠楠。

建成刚走进火车站，英子迎面向他跑来，她在火车站已等候多时了。英子脉脉地将自己一针一线织得细密的深红色的毛衣装进了建成的行囊，依依地说：“多保重，不要忘了家里有个牵挂着你的人。”

“不会的。”建成微笑着点点头，深情地说，“谢谢你，多亏你了，你也要多保重啊。”

开车的时间快要到了，建成登上车，在车窗内向英子挥着手。

“呜——”火车一声长鸣，咔，咔，……向北方驶去。英子摇着手随车向前奔跑着，但渐渐地被火车抛在了后边。

到车站为建成送行的还有一个人，是楠楠。她没能走近前，只是站在离建成不远的站台柱子旁，目送建成登车，心里祝愿着他顺利平安。

隆隆远去的火车啊，它带走了两个少女的心……

正月十五的晚上，县机械厂家属院的孩子们挑着各式花灯笼闹元宵。十六岁的环环抱着一岁多的侄儿明明在看花灯。喝过酒后，鲲鹏和几个酒友放炮竹取乐。鲲鹏点着一个大炮竹随手向外甩去，炮竹在明明的头顶上“叭——”一声炸响，吓得明明哇哇大哭。

“你怎么将点着的炮竹往人群中扔？”环环责怪鲲鹏。

“你没长眼！我在这里放炮竹，你就该抱着你侄儿远远地躲开，怎么怪我？”鲲鹏说话蛮横。

“吓着我小侄儿了，我告诉你老子去！”环环理直气壮。

“我不怕，还没有人敢对我这样说话，你小心着！”

当夜，机械厂家属院有人大喊救命。环环在睡梦中被人用棍棒打得浑身是血。

公安局来人，案件很快告破，将鲲鹏铐走。环环身上多处受伤，重度脑震荡昏迷，经审理判处王鲲鹏有期徒刑八年。

七月的一个傍晚，月亮已升到半空。白天太阳的余热还没有退尽，蝉仍不歇息地在树叶里长吟，青蛙们在河里相互唱和着。

河边，一对青年人在说着悄悄话。

“建成哥，你们学校规模有多大？”英子问。

“大概有两千亩地吧。”建成说，“校园里有教学楼、办公楼、宿舍楼、体育馆、大礼堂、邮局、医院、商店等。图书阅览两座大楼，里边全是书。古代的，现代的；中国的，外国的；文艺的，科技的等等各类书籍都有，真是知识的海洋，人一生也只能读其中的一少部分。”

“呀，大学的学习环境真好，是育人的摇篮。你们学校有多少老师，多少学生？”

“学校有十个院系，八千多学生，五千多教职工。我们文学院教授副教授就有一百多人。他们个个学识渊博，在学术上都有独到的见地，学业上都有一定的建树。”

“大学的校门对你敞开了，又能得到那么多教授的教导，你真幸福。将来学业有成你就远走高飞了。”

“飞不了啦，我这条风筝线已握在了你的手里。你就像磁石一样将我吸引住了。”

“我哪有那么大的能耐能将你拴住？”英子幸福地倚靠在建成的肩上。

皓月当空，将她皎洁的光辉洒在宁静的村庄，树林，田野上。两个青年人相依相恋，亲密地说着心里话……

夜深了，建成送英子回家。回来见河边大槐树旁站着个人，建成走近一看是楠楠。她满眼泪花，再也控制不住自己，一下子扑到建成的怀里哭喊着：“建成哥，我对不起你。我给你造成了无法拂去的伤痛，你打我吧，你骂我吧，让你消消气，这样我心里会好受些。我不该离开你，我不该离开你呀”！楠楠浑身颤抖着哭成了泪人。

建成将楠楠轻轻地扶起来。楠楠虽满脸泪痕，但仍掩盖不住她惊人的美丽。

建成想给楠楠这个受伤的心灵一些慰藉，但他知道无论用什么样的语言都是难以做到的。

“建成哥，你还喜欢我吗？”楠楠仍啜泣着。

“喜欢。”建成说，“我们曾同阅一卷，同歌一曲，同谈理想，同商问题，同台出演，同行游历……这些美好的往事我终生都不会忘记。你在我脑子里永远都不会消失。我还会像以前那样关心你，爱护你，尽力地帮助你。但，现在我心里已走进了另一个姑娘，她就是英子。我不能也不愿抛弃她，让她有我有过的那样的伤痛。”

月光下，在楠楠依依不舍的凄楚中，建成将她送回了家。

楠楠，本来属于她的美好幸福的爱情，她却失去了。

2011 年 10 月

论 文

中 华 龙

龙，在中华民族的心目中有着崇高的威望和地位。说起龙，上至帝王将相，下至庶民百姓，无不肃然起敬。古代传说中的帝王，几乎都被说成是龙。《三皇本纪》说，“炎帝，神农氏，姜姓，母曰女登，有蟜氏女，少典氏之妃，感神龙而生炎帝”。炎帝是龙子。《竹书纪年》说，“尧母庆都与赤龙合昏(婚)，生伊赏，尧也”。尧是龙子。《史记·天官书》说，“轩辕，黄龙体”。黄帝是龙。《山海经·海内经》注引《开筮》说，“鲧死，三岁不腐……化为黄龙”。鲧为黄龙的化身。作为鲧的儿子禹，当然也是龙子……这说明在中国远古时已经有了龙和崇拜龙，也说明炎帝、尧、黄帝、鲧、禹是龙的化身或龙的后人。后来的帝王也都以真龙自诩，称“龙颜”、“龙体”。帝王穿的为“龙袍”，坐的为“龙墩”，睡的为“龙榻”。住的宫殿柱子为“龙盘柱”，殿顶是“龙脊”。帝王外出打的是“龙旗”，坐的车为“龙辇”，乘的船为“龙船”。帝王的子孙为“龙种”……可见后来的帝王也崇拜龙。民间有龙灯、龙舟，各类玉器、木器、漆器、铜器、陶器、玻璃器皿上也雕绘或烧制有龙的图像。人们希望自己的孩子有雄才，成大业，为望子成龙。至于以龙取的人名、地名、物名更是数不胜数……可见龙在民间也受到崇拜。

人们没有见过真实的龙，考古学家从地球上也没有发现过人们所说的龙的遗骸或化石。那么，在中华民族的心目中为什么会出现龙，并有崇高的威望，受到崇拜，且自认为是龙的后代和传人呢？

这要从6000年前说起……

相传，6000年前，原始社会母系氏族向父系氏族过渡时期，“太昊之母……生帝于成纪”（《竹书纪年》载）。帝，即太昊伏羲。成纪，即今甘肃天水县。太昊伏羲自幼聪明异常，智慧超人，长大后成为逐猎的能手，创新的先驱，人群的智囊。在同大自然的斗争中逐步显示出他的豁达睿智，雄心大略，经天纬地的才能而受到人们的拥戴，被推崇为部落的首领。

由于部落的繁衍，人丁的增多，当时甘肃成纪一带已不能维持人们的生存。伏羲就率领着他的部落，沿着咆哮的黄河，逐水草游猎东下，最后到达黄淮平原的腹地。这里气候温和，土地肥沃，树茂林密，禾茁草壮，河流纵横，湖泊棋布，有着数不尽的飞禽走兽，鱼虾蚌贝。伏羲和他的部落在这里定居下来，并建都于宛丘（今河南淮阳）。伏羲在这里带领先民们从事生产劳动，进行多种发明创造，结束了我国茹毛饮血的洪荒时代，开创了中华的早期文明。伏羲的主要功绩是：一、造网罟，教民渔猎。《周易·系辞下》说，伏羲“作结绳而为网罟，以佃以渔。”《史纲评要》说，“太昊始作网罟，以佃以渔，以赡民用，故曰伏羲氏。”野兽凶猛狡猾，禽类能飞善避，鱼虾游弋藏匿，用简单的石器和棍棒难以捕获。伏羲从蜘蛛结网捕食得到启示，便教民用植物纤维捻绳结成网，到河里捞鱼虾，到林中捕禽兽。果然捕得很多，改变了人们因捕捞不足而忍饥受饿的局面。二、养牺牲，以充庖厨。《史纲评要》说，伏羲“养六畜以充庖厨，且以为牺牲，享神祇，故又曰庖羲氏。”

由于网的出现，捕获力大大发展，捕获量大大增加。捕获的禽兽多了吃不完，伏羲便教民驯养起来，以备冬季或捕获淡季食用。于是我国出现了畜牧养殖业，并很快发展起来。三、正姓氏，制嫁娶。《拾遗记》说，伏羲“……始嫁娶以修人道。”《史纲评要》说，“上古男女无别，帝（伏羲）始嫁娶，以俪皮为礼，正姓氏，通媒妁，以重人伦之本，而民始不渎。”原来人们共同捕食，无姓无名，杂居群婚。为了区别血缘关系和不同人物，伏羲自姓风，并给各个部族定了姓氏，于是人们有了各自的姓和名号。为了部落的人丁兴旺，发达繁衍，伏羲变族内婚为族外婚。由男子向别族的女子送一对兽皮为聘礼，经媒妁，方可匹配通婚。夫妻的出现有了固定的家庭，人类出现了早期的精神文明。四、刻书契，以代结绳。《尚书·序》说，伏羲“造书契，以代结绳之政。由是文籍生焉。”远古时没有文字，人们以挽绳作结来记事物，时间长了便记不清了。于是伏羲便在竹片或其他物体上刻画符号来代替结绳记事，大大方便了人们的生产和生活。我国出现了最早的符号文字。五、观万物，绘制八卦，奠定中国古典哲学之基。《周易·系辞下》说，“古者庖羲氏之王天下也，仰则观象于天，俯则观法于地，观鸟兽之文与地之宜，近取诸身，远取诸物，于是始作八卦，以通神明之德，以类万物之情。”《史记·太史公自序》说，“余闻之先人曰：‘伏羲至纯厚，作《易》八卦’。”《中国通史简编》第一编（范文澜著，1949 年 9 月版，修订本）说，“如果八卦确是一种记事符号的话，按照传说，当是出于太皞（伏羲）或太皞族。”伏羲按照天、地、人之间各种内在联系和变化规律，根据在蔡水得到的白龟身上的花纹，绘制出融天文、地理、自然、社会等知识为一体的八卦来。六、作甲历，定四时。《竹书纪年·太昊伏羲氏》说，伏羲“作甲历。”《纲鉴易知录》说，伏羲“作甲历，定四时。”伏羲根据太阳位置的变化，星移斗转，月亮的圆缺，天气的寒暑等，作甲历，分四季，定年月。人们以甲历记年算月，生产生活，不在混沌度日了。七、造琴瑟，兴礼乐。《拾遗记》说，伏羲“丝桑为瑟，灼土为埙，礼乐于是兴焉。”《竹书纪年》说，伏羲“造琴瑟，作立基之乐。”《纲鉴易知录》说，太昊“斫桐为琴，绳丝为弦……而乐音自是兴焉。”伏羲斫桐为琴，砍桑为瑟，绳丝为弦，灼土为埙，编竹为箫，制成多种乐器。庆丰收，搞祭典，或劳动之余，大家聚会在一起，拨丝弦，吹埙箫，弹琴奏瑟，边歌边舞，于是音乐兴起。八、造干戈，用于防攻。《拾遗记》说，伏羲“造干戈以饰武。”为了狩猎或防止外部族的入侵，避免伤害自己，伏羲便教民制造出狩猎和防卫的干戈。

由于伏羲部落生产的发展，六畜的增多，人丁的兴旺，文化的先进，逐步发达强盛，威震四方。周围各夷族部落纷纷前来学习效仿和宾服，伏羲部落最早完成了东方统一大业。

远古时代，由于人们对某种动物或自然物的敬畏，或因生活的依赖等原因，认为自己的部族与之有着血缘关系或其他特殊关系，而把某种动物或自然物当作自己的祖先和保护神去崇拜。并把它绘成图像当作自己部族的族徽和标志，也就是北美印第安语所说的图腾。当时各个部落也都有以自己崇拜的对象，如鱼、蟒蛇、马、牛、鹿、虎、狮、熊、鹰等而绘制的族徽或标志。《列子·黄帝篇》说，“庖牺氏（伏羲氏），女娲氏……蛇身人面。”《帝王世纪》说，“庖牺氏，风姓也……

蛇身人首……女娲氏亦风姓也……亦蛇身人首。”《拾遗记》说，“蛇身之神即伏羲……”《中国通史简编》第一编说，“太皞（太昊伏羲）姓风，传说他人头蛇身（一说龙身），可能是以蛇（或龙）为图腾的一族。”西汉时期，鲁恭王所建灵光殿里，有“伏羲鳞身，女娲蛇躯”的壁画。清代乾隆时期，山东嘉祥县武宅山发掘出东汉晚期武梁祠石室画像，其中有“蛇身人首”两尾相交的伏羲、女娲像。20 世纪，河南新郑出土的罍腹花纹，滇东北昭通出土的东汉石棺，四川郫县出土的东汉石刻伏羲女娲图，重庆沙坪坝出土的东汉石棺，西安出土的北周张氏家族墓石棺石刻，新疆吐鲁番出土的隋代绢画，其他出土的汉代砖画像和中国国家博物馆馆藏的绢画上，也有伏羲、女娲像。这些伏羲女娲像，腰以上通常作人形，腰以下通常为蛇躯，且相互缠绕在一起，两人的面部相向。在辽宁出土的距今 5000 多年前的红山文化中和在山西出土的距今 4500 年前的龙山文化中，也可以见到一些人面蛇身的图像。从以上的史书记载和出土的石刻或画像来看，伏羲部落像是崇拜蟒蛇的部落。西安半坡村仰韶文化遗址出土的陶壶上绘的龙，山西襄汾县陶寺夏墟遗址出土的陶器上绘的龙，河南洛阳汉代卜千秋墓壁画中的龙，是蟒蛇身，并有鱼鳞、鱼鳍、或鱼尾等。以此来看伏羲部落所崇拜的也可能是，似蟒蛇身，有鱼鳞、鱼鳍、鱼尾的一种鱼类。这可能与他的部落以结网捕鱼为主要生活来源有关。

从以上史书记载和出土的文物来看，可以说明伏羲女娲是龙的形象，是龙图腾的始祖。

伏羲统一天下后，在自己部落族徽，这种蟒蛇或鱼图腾的基础之上采集各部落的族徽图腾绘制出了驼头、马面、鹿角、蟒眼、虎牙、牛鼻、熊耳、狮鬃、蛇腹、鹰爪、鱼须、鱼鳞、鱼鳍、鱼尾等的龙，作为各部落联盟的总标志总族徽总图腾。它象征我国远古各部落的大融合，大团结，大统一。这正如闻一多在《伏羲考》中所说："然则龙究竟是什么呢？我们的回答是：它是一种图腾……是由许多不同的图腾糅合的一种综合体，因部落兼并而产生的混合图腾……"伏羲自认龙祖龙师。自此，在中华民族的心目中有了龙，崇拜龙，并自认为是龙的子孙，龙的传人。

甘肃甘谷西坪出土的距今6000多年的仰韶文化庙底沟类型的彩陶瓶上绘的人面鱼躯的龙说明6000年前我国已经有了龙形。1987年6月在河南濮阳西水坡古墓中发掘的距今6000多年的仰韶文化，兽头、蛇身、有角、有爪、鳞身、背鳍、鱼尾的，其形状近似现代所见的龙的蚌壳龙，便能佐证作为中华民族总标志，总族徽，总图腾的龙，在6000年前的伏羲时代形成。

伏羲还以龙纪官。《左传·昭公十七年》说，"太昊氏以龙纪，故为龙师而龙名。"《竹书纪年·太昊伏羲氏》说，太昊"以龙纪官，立九相六佐制九州。"《左传集解》说，"太昊命朱襄为飞龙氏，造书契；昊英为潜龙氏，造甲历；大庭为居龙氏，造屋庐；混沌为降龙氏，驱民害；阴康为土龙氏，治田里；栗陆为水龙氏，繁滋草木，疏导泉流。"《纲鉴易知录》说，伏羲"以共工为上相，柏皇为下相，朱襄、昊英居左右，栗陆居北，赫胥居南，昆吾居西，葛天居东，阴康居下，分理海内。"于是天下大治，出现了一派繁荣兴盛的景象。

数千年来，在世界历史中曾出现过很多大帝国，如波斯、希腊、罗马等等。不论它多么强大，不可一世，但在人类历史上都是称雄一个时期，结果都是四分五裂，势不两立，又各自为政。而能坚持6000年统一的唯有中国。其间虽有几次分裂割据，但在割据中人心仍趋向统一。因此，分久必合，成了中国历史的规律，这就是“中华龙”的向心力和凝聚力。

生活在天涯海角，世界各地的华人，都是龙的子孙，龙的传人。今天仍要团结一致，坚持不懈，共同努力，完成和维护祖国统一大业，把中国建设成为一个繁荣昌盛的国家。

1993年2月

【注】此文在1995年3月16日国际儒道学术暨古伏羲女娲文化研究会上交流，发表在1996年9月11日《龙湖周报》，2002年《中州今古》第6期上。

淮阳环城湖形成考[①]

在黄淮平原上有个一眼望不到边的湖。面积为11平方公里，是杭州西湖的二倍[②]。湖水碧波荡漾，清澈见底。湖里长着茂密的蒲苇，大片大片的藕莲盛开着娇艳的荷花。湖面上起落着野鸭，翔集着鸥鹭，划着打鱼的小船。湖岸上依依的垂柳如雾如烟……

湖中有个树木葱茏苍翠，从湖外只有东、西、南、北四条公路可以通往的岛，淮阳县城就坐落在这个岛上。

这如诗如画，秀美绮丽的湖是怎样形成的呢？是人工挖掘的吗？需要多少人工才能挖掘这么大的湖呢？而所挖掘的土又堆在何方？是地壳运动，地面凹陷下去了吗？为什么唯有城周围的地面凹陷下去，而城本身和湖外的地面没有凹陷下去呢？不知多少游人望湖生疑，揣测，设想。对于这个问题笔者曾进行了多年的考察和研究。

淮阳是个古老而人文积淀深厚的地方。据史书《史记·五帝本纪》和《竹书纪年》载，6000年前的氏族社会时期，东方夷族著名的酋长“帝太昊伏羲氏，都宛丘（淮阳）”。他在这里教民结网捕鱼，狩猎，驯养牲畜，熟食，室居，带领着先民们从事生产劳动。并正姓氏，制嫁娶，造琴瑟，兴礼乐，作八卦，把龙作为华夏民族的图腾，结束了我国穴居群婚，茹毛饮血的洪荒时代，开创了我国早期的文明。伏羲死后，其妹女娲代理酋长。据《史记·帝王世纪》和《历代帝王陵寝备考》记载，继伏羲兄妹之后，公元前三十世纪，“神农氏……以火德王都陈”。《陈州府志》叙云：“陈为伏羲氏建都地，神农因其旧而都之，故名之曰陈”。淮阳自此称陈。他在这里用木制作耒耜，带领先民们种五谷，开创了中国原始农业。并尝百草，教人治病，开创了中国医学。夏，陈属豫州，禹受命尧姓封于陈。商，为虞遂封地。周初，武王求舜后，得妫满，以元女太姬配之封于陈，建立陈国（国都在现淮阳城址）。战国，公元前278年楚顷襄王迁都于此，陈地为楚都。秦设陈郡。公元前 209 年，陈胜、吴广农民起义军建都于陈，号为“张楚”。西汉，公元前 196 年，（因陈在淮水之北，地当冲要，改陈为淮阳）置淮阳国。刘邦封儿子刘友为淮阳王。东汉为陈国。三国时魏置陈郡。东西晋、南北朝时期为陈郡。隋、唐为陈州淮阳郡。宋为陈州又改为淮宁府。元、明、清均为陈州。民国为淮阳专署。中华人民共和国建国初期为淮阳专署。由此可见，淮阳在历史上是黄淮地区乃至中原地区的重要都城和政治、经济、文化重心。

由于淮阳地处黄淮冲积平原，几千年来，多次的黄河泛滥带着大量的黄土高原的泥沙冲向这里。据《淮阳县志》记载：《中国水利史》记述“自唐尧八十年（公元前 2278）到周定王五年（公元前 602）的 1677 年间，黄河大徙”。史籍可查者，淮阳境内计泛 6 次，徙 1 次。西汉元光五年（公元前 130）黄河溢，泛及陈。从西汉元始元年（1 年）“河汴决坏，黄河间有南侵之害”起，到东汉明帝永平十三年（70）“河汴分流后，水乃不复为害”止，黄河泛滥长达 70 年。隋，开皇十八年（598）秋，西华、陈州、开封等九州、县河决。唐文宗开成四年（839）河决，浸郑、滑外城，陈、许、曹、濮大水。宋、金、元、明、清、民国年间，自然和人为使黄河决口黄水南泛县境，大的洪水就有 100 余次，短则数百天，长则十多年。具体黄水泛及县境情况：【北宋，太平兴国二年（977），河决荥泽……南注沙河浸县。为阻金兵，南宋建炎二年（1128）冬，杜充决黄河，自泗入淮（淮河），黄河南泛频繁。金灭北宋后，黄河下游连年争战，堤防失修，致“数十年间，或决或塞，迁徙无定”。金大定十一年（1171）十一月，河决王村，水东南行，其势甚大，危及宛丘。金明昌五年（1194）河决原武，一支（水流）由太康经陈入颍川。元代，至元二十三年（1286），河决汴梁，陈被害。至元二十五年（1288），黄河两次决堤：一为五月河决汴梁，太康、通许、杞县、陈、颍被害；一为十二月河决汴梁，陈被害。至元二十七年（1290）十一月，河决祥符唐家湾，太康、通许、陈、颍等州县大受其患。元贞二年（1296）八月，归德、陈州河溢。大德九年（1305），河决开封小黄村，陈州漂溺。仁宗时，黄河连续四年决堤，陈受其害。皇庆元年（1312）夏，河决，陈、亳、睢、开封、陈留等州县没民田庐。皇庆二年（1313）六月河决，陈、亳、睢、开封、陈留等州县没民田庐。延祐元年（1314）六月，河决郑州，陈被水害。延祐二年（1315）六月，河决郑州，归德、陈州等大水。延祐七年（1320）六月，河决汴梁原武，泛及陈。泰定四年（1327）五月与致和元年（1328）五月，河决均溢，泛及县境。至顺三年（1332）五月，河溢汴梁、睢、陈等州县。至正十七年(1357)十月，河决，县境内淹没。明洪武七年(1374)十二月，河决开封堤，泛及县境，蔡河壅塞，漕运不通。洪武八年（1375）正月，河决开封大黄寺堤百余丈，贾鲁、涡河、颍河并流二十余年，泛及境。洪武十四年（1381），河决原武，祥符、中牟、陈大水。洪武二十年（1387）二月河溢，陈大水。洪武二十四年（1391）四月，河决原武黑羊山东南，至陈入淮，故道遂淤，河水暴溢。洪武二十五年（1392）正月，河决原武，泛陈等 11 个州县。这次决口，久未塞治，由汴至陈任其泛滥。永乐九年（1411），“发民夫十万塞之，历时十九年”。宣德三年（1428）八月，黄河溢，由陈至项。宣德六年（1431），河溢祥符，泛及陈。英宗始，黄河决口南泛，多次浸陈。正统九年（1444）七月，河决荥阳，经陈州境由项入淮。正统十三年（1448），河决荥阳东南，经开封西南历陈、杞、亳入淮。天顺五年（1461）七月，河决大梁，邑境被水害。成化十三年（1477）三月，河决祥符杏花营，陈大水。成化十四年（1478）七月，河决大梁，陈大水滔天。弘治二年（1489）五月河决汴入淮，陈州被害。嘉靖二十三年（1544），河决原武，南至陈州经颍入淮。嘉靖四十四年（1565）六月，河决开封，陈、沈大水。万历四十四年（1616）四月，河决祥符朱家口，浸陈、杞、睢、柘诸州县。崇祯五年（1632）河决中牟和孟津口，六月水自西北来，沙河两岸水深丈许，漂没房屋人畜死者无算。崇祯十五年（1642）九月，河决朱家寨、马家口，水灌开封，害及陈。清代，由于明末开封巡抚高明衡决黄河于汴梁北朱家寨、马家口，黄河屡塞屡决，县境内频遭其害。康熙元年（1662）六月，黄河决开封黄练集，灌西、扶、淮、项等县。康熙三十五年（1696）六月，河决泛陈害稼。康熙四十八年（1709）夏，河决中牟泛境，秋禾被淹。康熙五十年（1711），河决泛县境害稼。康熙五十三年（1714）六月，河决泛县伤稼。雍正元年（1723），河决杨楼，水入境，沙颍河以北村庄被冲漂十之六七，淹死居民不可胜数。乾隆二十六年（1761）七月，沁、黄并涨，武陟、荥阳、阳武、祥符、兰阳同时决十五口，中牟之杨桥决口数百丈，大流直趋贾鲁河，大水伤禾。道光二十一年（1841）七月，河决开封，邑境被灾，人多逃亡。道光二十三年（1843）六月，河决中牟，邑大水，漂没民庐无算。同治七年（1868）七月，河决荥阳，邑大水。同治十三年（1874），河决郑州，泛陈。光绪十三年（1887）八月，河决郑州，邑大水，漂没庐舍无算。民国三年（1914），河决郑口，邑大水。民国二十七年（1938）六月，日本侵略军进犯中原。国民政府为阻止日军西犯，十月十一日蒋介石下令炸开黄河花园口和中牟县赵口大堤。黄水滔滔东南直下，吞没豫、皖、苏三省的郑县、中牟、开封、尉氏、通许、扶沟、太康、西华、商水、淮阳、沈丘、项城、鹿邑等四十四个县，毁田地庐舍无数，淹死人口牲畜无数。此后黄水泛滥长达九年，至民国三十六年（1947），黄河花园口堵塞工程竣工，黄水重归故道，泛区人民的悲渗遭遇才结束。】

历代官民为了保护这座古城不被淹没，在城周围三至五里之外修堤筑坝，以挡洪水入城。有文字可查者：从1999年在城西南弦歌湖中发掘的，“唐故忠武军节度正十将”李堪墓中墓志铭“其茔前望长堤，后窥庙宇（指为纪念春秋时孔子在陈蔡断粮七日而弦歌不止所建的弦歌庙）”中可以知道，唐代已有为防御洪水入城所筑的长堤。据《淮阳县志》记载：宋仁宗天圣年间（1023～1032），陈州兵马监督张孜筑堤袁家曲捍水。李世衡知陈州时，筑大堤以防水患。明洪武八年（1375），河决开封大黄寺堤，泛及境，蔡河壅塞，漕运不通，知州李子义率民筑堤御之。穆宗隆庆二年（1568），兵备道傅林命文武官修护城堤。清同治十三年（1874）黄河决郑州，泛陈，邑西南复筑堤防水……

由于多次拒黄水于堤外，堤外地面因受黄泛泥沙淤积而层层升高，形成外高内低而逐渐成湖。从地质探测来看，护城大堤复加20多层，堤外淤土层次分明。1956年修建湖北岸淮阳北关蔡河桥，挖桥地基时，在桥西北基地面下 3 米左右，挖掘出一西东流向砖石券拱桥洞。据有关考证为宋代蔡河桥。因是古拱桥，桥拱高出原地面 1 米多，照此计算，建古拱桥时的地面应距现地面下 4 米以下。由此也可证明湖外地面因黄水泛滥泥沙淤积而层层升高，是形成环城湖的重要原因。其次，因多次修筑城墙所至。据《淮阳县志》记载：自唐以后，陈城墙先后大修过 20 多次，每次修城，均在城外挖池取土，城外越挖越低而相连成湖。

在淮阳县城内，据和 1985 年建南百货大楼地质钻探人员，1988 年建淮阳电影院地质钻探人员，1990 年 11 月建淮阳邮电大楼地质钻探人员座谈的情况，从地面下钻 10 米左右，以上为深褐色杂土层。其中有砖头、瓦块、陶片和兽骨、鱼骨、草木灰等杂物。10 米以下，砖头、瓦块、陶片等杂物渐少，土由深褐色渐灰黄。再下为黄流沙。由此可以说明，在淮阳县城址最早建城时的地面应距今城地面以下 10 米左右。为了防止淮阳这座古城不被洪水淹没，历代官民也在不断加高淮阳城内地面。加高的物源据考察：一是原建筑物和其他废弃物堆积增高。因各种废杂物堆积，使土中腐殖质增多，土为深褐色，与湖外沉积的黄土截然不同。二是城内建筑时从湖外运进建筑材料加高（至今城内建筑楼房等还要从湖外大量运进土、沙、石、白灰、水泥、砖瓦等）。由此可证，城内从远古建城时的地面以上 10 米左右土层，为几千年来人工堆积杂物所致。

由于多次泛滥的黄水和内涝大水的冲击，湖外堤坝曾多次被决。据《淮阳县志》记载：唐贞观八年（634）秋，陈大雨，淹没城郭，官民庐舍殆尽。据《陈州府志·卷之三十》记载：

明洪武三十年（1397）冬十一月，蔡河南徙入州。成祖永乐元年（1403）六月，水破护城堤。永乐七年（1409）沙河溢，水破护城堤。嘉靖四十五年（1566）夏六月大雨，平地行舟，禾稼淹没，庐舍倾毁，城郭亦多圮坏。万历二十一年（1593）秋，淫雨弥月，平地水深数尺，破堤侵城，四门（城四门）路道不通，出入以舟。二十二年（1594）五月，莲花池堤决（今田湾附近），积水侵城，室庐倾圮。二十五年（1597）秋八月，大雨连绵，城内外水湍。三十五年（1607）七月大雨，蔡河堤决，城四境水深丈余，禾稼房屋淹没殆尽。清康熙十六年（1677）三月暴雨弥旬，水溢入城，四门行舟，附城居民房屋尽倾。道光十一年（1831）秋淫霖，蔡河两次决东大堤，环城如海。清光绪二十四年(1898)，水破大堤，围城四门。民国十五年(1926)六至九月，阴雨连绵水破西北堤口，蔡河水内灌，城四关水深数尺，民房舍倒塌甚多。二十年（1931）五至七月，大雨，八月上旬，暴雨昼夜，水再破西北堤口。由于洪水多次入湖，大量的泥沙在湖底沉淀，使湖底也在不断升高。从湖中发掘的古建筑、遗物及坟墓也可证实这一论说：1959 年大旱，湖水位下降，湖西北岸苏花园村民在浅湖区种稻，挖土井引湖水灌溉。在湖底 1.5 米左右挖出一口古时人们浇田或饮水用的砖砌水井。由于古井口一般高于地面 1 米左右，可以说明湖底以下 2.5 米左右即是当时人们居住的地面。1986 年、1987 年西关居民在湖滩挖塘养鱼，在湖滩 1.5 米左右也挖出一些碎砖、瓦块、陶片、木炭等。可见湖滩下 1.5 米左右曾是古时人们居住的地面。据东关一些老年居民讲，民国二十年（1931），挖东关天帝庙遗址垫东关入城路，在地面以下 2 米左右挖出十多口，直径约 1 米，并内套有直径约 0.3 米的陶管的，用弯砖砌成的井型古建筑。其他挖掘出的还有碎砖、陶罐、碑座，约 0.2 米厚的錾型马牙石、古币（铜钱）、金块等（可惜出土的文物当时没有断代）。以上出土的文物也说明庙台遗址以下 2 米左右曾是古时人们居住过的地面。1986 年东关湖区出土了大量的春秋时期的陶片、陶器。1994 年东关湖区出土了西周时期的青铜方壶。1990 年前后，当地居民在湖东大堤西侧，湖东至淮阳县城公路北侧区域浅湖中挖塘养鱼，挖出多座古墓（可惜当时对古墓没有断代），可知原这里不是湖而是陆地。1992 年南坛湖出土了大量的春秋时期的陶片。从出土的文物可说明东关湖底，南坛湖底，不同深度曾是不同时期古人生活过的地面。1996 年 4 月至 5 月，淮阳县委县政府号召全县人民开发环城湖西北柳湖区（挖掘清理湖底沉积泥沙）期间，在苏花园村东南湖中，原湖底 1 米深处挖掘出两口东南西北向，相距约 20 米左右的，用砖砌的圆型古时人们浇田或饮水用的水井。此说明原湖底 1 米以下曾是古时人们居住过的地面。在田湾村西南湖中，原湖底以下深 1.5 米左右，挖出一口砖砌的，上有用青石做的圆型井口的水井（井口直径约 0.8 米，井口内侧，有用绳索系着水桶、瓦罐等容器提水磨出的绳索沟豁痕迹），经有关部门鉴定是宋时水井。以上说明井口以下 1 米，原湖底以下 2.5 米左右，曾是宋时人们生活过的地面。在田湾村南，原湖底 1.5 米以下，挖掘出几片古墓群，经有关部门鉴定为宋墓。在宋墓的叠压下，又发现汉墓。由此可说明湖底在宋、汉时为陆。在柳湖区出土的还有汉、隋、唐、宋、金代文物如陶碗、陶罐、瓷盏、瓷盆、瓷枕、铜镜、火炉等。由以上出土文物可以说明原湖底以下曾是金（包括金）代以前不同时期古人所生活过的地面。1999 年，淮阳县委县政府开发环城湖西南弦歌湖区（机械挖掘清理湖底沉积泥沙）期间在原湖底以下挖掘出文化层厚度为 1.5 米～3 米不等的周、春秋、汉、唐、宋、金（最晚为金）人遗址 260 余处。其中村落 2 处（一处位于西关平信桥西端大同路南侧，现出面为南北宽 180 米，东西长 300 米；一处位于南关西侧，现出面为梯形，南宽 150 米，北宽 100 米，南北长 700 余米）。窑址 19 座，井两眼（一眼为汉代井，一眼为宋代井），窖 2 个，墓葬 240 余座。挖掘出的陶器有缸、罐、盆、碗、壶、盘、瓶、豆等；其他器物有青铜器、金银器、铁器、木器、石器、骨器、蚌器等；建筑材料有砖、板瓦、筒瓦、瓦当等。以上挖掘出的情况可以说明，西南弦歌湖区原湖底以下 3 米曾是金（包括金）代以前不同时期古人所生活过的地面。

从以上湖底泥土中出土的文物及坟墓可以说明，由于洪水多次入湖，大量泥沙在湖底沉淀，湖底在不断升高。

据民国五年（1916）《淮阳县志》记载："宋时城郭内有湖三个，位于城南的叫南坛湖，位于城西北的叫柳湖，位于城北的叫北关湖，互不相通，旱时干涸。"从宋苏辙的《宛丘二咏》叙言："宛丘城西柳湖，累岁无水……去秋雨雪相仍，湖中春水忽生数尺"，咏一"旱湖堤上柳空多，倚岸轻舟奈汝何"和诗《柳湖久无水怅然成咏》、《次韵程相公以柳湖久涸辄引蔡水溉注感而成咏》，宋苏轼诗《和子由（苏辙）柳湖久涸忽有水开元寺山茶旧无花今岁》中可以知道，宋时城西北柳湖区涝时积水成湖，旱时为陆，并不是常年为湖。以上说明，在宋、金以后，县城四周湖水逐渐相连，形成了环城湖。

现一般雨水年份，湖水深约 1.5 米～3.2 米，加上湖水面至湖外地面高约 1.8 米～3 米，便形成了与湖外地面和城内地面平均落差约为 4.8 米的环绕县城的湖。从湖外望去，淮阳县城成为当今的烟波浩渺，湖光天色的水上之城。

1992 年 5 月

【注】①关于写作《淮阳环城湖形成考》一文，本人曾走访了县城建局、水利局、文化局、邮电局、文物馆、县志办、城关镇、商业局、影剧院、百货楼、北门粮店、东关、西关、南关、北关等二十多个单位，找了五十余人座谈，查阅了《淮阳县志》等，并多次到湖区实地查看，历时多年才提笔写成。

②据有关单位 1981 年测量，环城湖围堤长 14 公里，东西阔 4.4 公里，南北长 2.5 公里，湖区面积为 11 平方公里（计 16483 亩）。查阅当时杭州西湖资料，湖区面积为 5.5 平方公里。

此文发表在 1993 年《黄河史志》第 1 期，1993 年《河南水利》第 1 期上。分两期发表在 1996 年 3 月 20 日和 1996 年 3 月 27 日《龙湖报》上，在 1995 年 3 月 16 日国际儒道学术暨古伏羲女娲文化研究会上交流。获 1990 年-1993 年河南周口地区社会科学成果二等奖。此文后有增补。

对宇宙目前人类有很多的盲区需要探索，计算、估计、猜测、想象，众说纷云，不尽相同。

漫话宇宙

——地球生命是不是宇宙中的孤儿

可爱的地球——母亲

地球赤道直径 12756 公里，周长 40076 公里，体积 10832 亿立方公里，表面积 5.1 亿平方公里，地球上有着雄伟的山脉，众多的大川，星罗的湖泊，浩瀚的海洋，广袤的平原，无际的密林，旷阔的沙漠……可见她是多么的大。

地球上有着阳光、空气、水等生命所需要的物质，养育着无数的微生物、植物、动物和我们 75.8 亿多人。

宇宙中有多少星系，星球？

太阳的体积是地球体积的 130 万倍，是发光发热的。水星、金星、地球、火星、木星、土星、天王星、海王星八大行星及已辨认出的 5 个矮星，170 多个卫星（如地球的卫星月亮），众多的小行星，彗星，流星等围绕着它转的恒星。太阳和这八大行星等等为太阳系。八大行星中地球距太阳 1.5 亿公里，最边远的海王星距太阳 45.04 亿公里。若按引力影响计算，太阳系的直径约 300 亿公里。可知太阳系是多么的庞大。而太阳又带领着它众多的星团围绕着银河系（天河）的中心公转。

有资料表明，银河系形状像一个中间凸起的圆形银盘。它的直径大约有 18 万光年～20 万光年，中心厚度约 1.3 万光年。在银河系中，类似太阳有着众多行星等围绕着转的星系和其他恒星大约有 2000 多亿个。也有资料说多达 4000 亿个。可观测的行星超过 10000 亿个，还有很多不发光难以发现的行星。银河系中的盾牌座 UY 红超巨星，是目前天文学家发现的最大恒星天体，它的体积是太阳体积的 45 亿～50 亿倍，也有说是太阳体积的 210 亿倍。我们所居住的太阳系在银河系中只是一个微不足道的星系了。可想，银河系多么的浩瀚，够大的了。

羽毛状拉尼亚凯亚星系是由 10 万个星系组成的超星系团，范围达 5.2 亿光年，我们所处的银河系位于它的一条细微的分支上，和它相比只是一个尘埃了。

在宇宙中有多少类似银河系的星系呢？

用高倍太空望远镜对宇宙星空进行观测有无数个类似银河系的星系。

1990 年，美国哈勃太空天文望远镜，（也有称哈勃空间望远镜）对大熊座方向观测，发现约 3000 个星系。1995 年，科学家将哈勃太空望远镜对准一块只占整个星空 2400 万分之一的，在各亮的星系之外，好像什么都没有的漆黑空洞 10 天的观测，得到使人吃惊的数据，在这漆黑的后面隐藏着多达 4000 个星系。2003 年，科学家们用哈勃太空望远镜对只占星空 2600 万分之一的天炉座，经过数天的观测，在照片中发现了近 10000 个颜色不一，大小不等的星系。2012 年，用哈勃望远镜观察只占 3200 万分之一针眼大的区域的天空，通过 23 天的观测，得到的照片中出现了 5500 多个星系。……

太空中，还有散布在各星系间的星球（流浪星）。

有资料表明，人们目前通过哈勃望远镜，韦伯望远镜，目前世界领先的中国波江座射电望远镜等多种天文望远镜及其他方式对太空观测，认知在太空中有 20 亿个星系。

按人类现有的科技水平，可观测到的星空只是地球周围星空的一部分，也可能是很小的一部分。那么，无法观测到的星空还有多大，还有多少星系？宇宙中有多少星球？无法可想，无从知道了。而我们所居住的地球，在宇宙中也只是一粒微不足道的尘埃了。

宇宙是怎么形成的？

“大爆炸”宇宙论认为：宇宙是由一个致密炽热的奇点，于 137 亿年前一次大爆炸形成。（那么这个“致密炽热的奇点”是什么时候存在的呢？是怎么形成的呢？）

1927 年，比利时天文学家勒梅特首次提出了宇宙大爆炸假说。

1929 年，美国天文学家哈勃根据他长年的观测发现，宇宙中几乎所有的星系都存在红移现象，提出星系的红移量与星系之间距离成正比的哈勃定律，并推导出星系都正在相互远离的膨胀说，而且离我们越远的星系远离我们的速度越快。

1932 年，比利时天文学家勒梅特首次提出宇宙大爆炸理论：整个宇宙最初聚集在一个“原始原子”中，后来发生了大爆炸，碎片向四面八方散开，形成了宇宙。

1946 年，美籍俄国天体物理学家伽莫夫正式提出：宇宙是在 140 亿年前一次偶然的量子涨落引发的巨大爆炸。其主要观点认为，这个时期，宇宙体系在不断地膨胀，使物质密度从密到稀的演化，温度从热到冷的演变。这种学说在现代宇宙学中具有很大的影响，科学家普遍认同。

1964 年，美国射电天文学家阿诺・彭齐亚斯和鲍勃・威尔发现宇宙微波背景辐射，有力支持了宇宙大爆炸的理论。

宇宙爆炸之初，物质只能以中子、质子、电子、光子和中微子等基本粒子形态存在，爆炸后不断膨胀，导致温度和密度很快下降，物质逐步形成原子、原子核、分子，并复合成为通常的气体，气体逐渐凝聚成星云，星云进一步形成各恒星行星和星系，最终形成了宇宙。

而值得庆幸的是，宇宙大爆炸时将我们送到了可孕育生命的地球，若送到不能孕育生命的星球，我们将永远沉寂在那里不能成为活的生命体了。

宇宙在膨胀，膨胀到何时了？何处是尽头？

长度计算单位

按人类现在的科技水平认知的长度计算单位：

公里，米，分米，厘米，毫米，丝米 1/10000 米，忽米 1/100000 米，微米 1/1000000 米，再往小处分纳米，皮米，飞米，阿米，仄米，幺米。目前公认的最小的长度单位幺米，在现在的人类显微镜里都看不到了。

那么，物质小到幺米的状态，还能不能再继续分呢？分到何时才是尽头？对于这个困扰人们的问题，我们的老祖宗政治家、思想家、哲学家惠子（商丘人），早在 2300 多年前的战国时期，仅用十二个字就已明确地告诉了人们："一尺之棰，日取其半，万世不竭"（引自《庄子》杂篇·天下第三十三》），可以看出此惠子的话，由庄子在文中表述出来的。从理论上讲：只要物质存在，还可以再分下去。

在宇宙中，星球之间的距离要用万公里，亿公里，光年来计算。

现在人们所知道的最快速度是光速和电速，每秒钟 299792458 米。

1 光年=299792458×60 秒×60 分×24 小时×365 天

=9454254955488000 米≈94542.55 亿公里

还有罕见的长度单位：

1 艾米=105.7 光年

1 泽米=10.5 万光年

1 尧米=1000000000000000000000000 米(1 的后面 24 个 0）米=1 亿亿亿米=0.94 亿光年

宇宙多大，宇宙之外是什么？

有资料说，人们如今认知的宇宙直径大约长 930 亿光年，也就是说，每秒钟约 30 万公里速度的光，穿梭一趟宇宙直径大约需要 930 亿年。有资料说，在这大约直径 930 亿光年的范围中大约有 2000 亿至 10000 亿个类似银河系的星系（此是观测，是估计，还是想象出来的数据）？

如果宇宙爆炸且继续膨胀的速度超越了光和电速，光电追不上膨胀远离的星系，宇宙有多大则不能知道了。

如果宇宙太大，光疲劳渐弱，最后消失，宇宙有多大则无从知道了。

有句童谣："天没边，地没缘。"天体宇宙有没有边缘？如果有，在哪里，离我们最终有多远？且宇宙边缘外是什么？如果没有，宇宙大会不会无休止？？？

从理论上讲：大小无极。

地球生命是不是宇宙中的孤儿？

地球生命在宇宙中是否孤独的存在？

在这无比浩瀚的宇宙中，在这无以计算的星球上，按理推论，如地球或类似地球适合生命生存有着生命体的星球应该还有，地球不该是唯一。

20 世纪以来，科学家们在地球上架起了无数的望远镜，并使用无线电技术，发射宇宙飞船，星球探测器等，孜孜不倦地探索着，研究着，寻找着，呼唤着地外生命同伴，且告诉地外智慧生命地球太阳系所在位置，并刻板、制光盘向地外智慧生命问候，输送地球信息，邀请外星人来地球访问做客等等。

1960 年，美国天文学家法兰克·德雷克，最早利用无线电波对地球较近的 662 个类太阳星系进行监测搜寻的奥兹玛计划，希望收到地外文明发来的无线电波信号——生物标志，无获。

后来用阿雷西博射电望远镜，对 100 光年内 800 多个类太阳星系进行探测寻求外星生命，无果，

1968 年 9 月，苏联无人飞船绕月球飞行返回。

1969 年 7 月，美国“阿波罗号”飞船对月球考察。

2019 年 4 月，中国“嫦娥四号”宇宙飞船探测器着陆月球背面进行探测勘察。

以上均无发现月球生命。

科学家通过卡西尼号探测器传回来的信息发现，围绕土星运转的第六号卫星即土卫六，上有大气、海洋、湖泊，甚至还有地块运动，其环境很像地球，还测到生命之基甲烷，地球上组成生物细胞的重要物质磷脂，大气层及岩石体中有着丰富的碳水化合物。但因距太阳太远，光照不足，气温低至零下 178℃左右，水被冻得像石头一样坚硬，使得有机化学反应缓慢，新陈代谢缓慢，很难进化出恒温动物。其大气层中 90%为氮，6%是甲烷，4%是氧，大气压是地球大气压的 1.5 倍。地球人在其上难以生存。

土卫五号星，大气层中含氧量约占 70%，二氧化碳约占 30%，不过氧气浓度仅为地球氧气浓度的 5 万亿分之一。其体积是月球体积的十分之一，水量丰富，占星体的四分之三，其星上不宜人生存。

欧罗巴，即木星二卫星，它的含水量比地球还多，但因离太阳太远，温度太低，为零下 138℃，水面结有厚冰，不适宜地球人生存。

火星有很多和地球相似之处。它与地球同处于太阳系中宜

居地带，和地球一样有着公转和自转，一天为 24 小时 37 分昼夜轮替，同样有着春、夏、秋、冬四季轮换，有类似固态岩石表面，岩石中含有丰富的生命基本组成的矿物质和多种化合物质，有冰冠覆盖的南北两极，有平原、高山、峡谷，有大气层和地下水，但与地球不同的是，大气层空气稀薄，而 95%为二氧化碳，缺氧，宇宙射线和紫外线照射强烈，再者只有少量的两极水和地下水，土地干裂，植物难以存活。还有，火星体积仅是地球体积的五分之二，表面引力小，无法吸附过多的大气而造成气体不断散逸到外太空。其冬季气温降到零下 125℃，最高气温 22℃，年平均气温在零下 60 多摄氏度，地球人不宜在其上生存。

天王星零下 220℃，可秒杀地球生物。

海王星风速每小时 2100 公里，地球人一接触便粉身碎骨。

2020 年 7 月 23 日，中国成功发射的“天问一号”探测器携带“祝融号火星车”，2021 年 5 月 15 日 7 时 18 分成功在火星北半球乌托邦平原南部预选着陆区稳步着陆，实现对距地球 5500 万公里的火星从天到地的立体观测。

太阳系中，最危险可怖的星球是金星。它距太阳最近，日照球表温度可高达 500 多℃。而且自转一周（一昼夜）的时间为地球时间的五个多月。而它的大气层内是二氧化碳毒气，任何动物吸上一口就致命。天空会下硫酸雨。其风速 100 米/秒，球表一般物体会被吹得烟消物散。地球生命在其上无能生存。

迄今为止，地球之外太阳系中其他的星球上人类还没有发现星球人活动的踪迹，没有证实有生命的存在。

1972 年 3 月 2 日和 1973 年 4 月 6 日，美国先后向太空发射“先驱者 10 号”和“先驱者 11 号”宇宙飞行器，上面分别携带的送给外星智慧生命的地球名片——金属板上刻画有地球所居的太阳系在银河系中的位置，向外星人的问候辞，地球男人和女人的裸体图像，地球人对大自然的认知情况，表示这宇宙飞行器从何而来的符号信息等。

“先驱者 10 号”飞越木星时对木星拍摄到上百张图像，穿越小行星带，1986 年 10 月通过冥王星平均轨道飞出太阳系。目前它已飞离地球 100 多亿公里，向着距地球 68 光年的毕宿五恒星飞去。

“先驱者 11 号”负责研究星际间及行星的磁场、太阳风、宇宙射线、太阳圈的转变区域、存在的中性氢；星尘粒子的分布、大小、质量、通量及速度；外太阳系行星极光、电波、其卫星大气层；木星与土星及其卫星的表面情况等。它改变轨道飞向土星后，逃离太阳系。目前已飞离太阳 138 亿公里，朝着金牛星飞去。

1974 年，美国用阿雷西博雷达向“武仙座”M13 球状星团发送用二进制系列脉冲写的电报，告诉“武仙座”智能生物，关于太阳系氢、碳、氮、氧、磷五种重要元素，地球人类生命、人体形状与高度、人口等信息。需 2400 年到达目的球。如果有智能生命收到电报信息即刻复电，也要到 2826 年后地球人才能收到其信息。

1974 年，美国阿雷西博射电望远镜向距地球 25000 光年的恒星分布密集的 M13 球状星团发送了 1679 个二进制数字组成的信号：用二进制表示的 1-10 十个数字，DNA 所包含的化学元素序号，核苷酸的化学式，DNA 的双螺旋形状，人体外形，太阳系的组成，望远镜的口径和波长等。

1977 年 8 月 20 日和 1977 年 9 月 5 日，美国宇航局相继向太空发射了分别携带有金属盒，盒内有用特殊金属制成的 12 英寸的地球名片——光盘的“旅行者 2 号”和“旅行者 1 号”宇宙飞行探测器。盘内有 120 张照片和图表，向外星人标示地球所在的太阳系的结构图及在银河系中的位置；并有地球仪，地球山川、河流、海洋、陆地的地貌风光，地球人类及风土人情；有世界 55 种语言（其中有中国普通话、粤语、闽南语、江浙一带吴语）；有向外星人问候：“你好吗？”“各位都好吗？”“祝各位平安、健康、快乐，”“我们很希望与你们会面，”还邀请外星人“有空来访问我们吧，”“有空来地球做客”；还有联合国秘书长和美国总统向外星人的致辞；有地球人男女裸像及家庭构成图，人身解剖构造图摄影照片；有世界古迹（其中有中国的长城）；有 27 首世界古今乐曲（其中有中国京剧唱段，古琴演奏的 2500 年前的《高山流水》）及贝多芬的《欢乐颂》，欧洲艺术音乐四重奏、爵士乐、蓝调、摇滚乐；有印度、印度尼西亚、日本、太平洋岛屿、澳大利亚原住民、安第斯印第安、墨西哥、西非、南非、巴尔干等人的音乐；有地球自然界的滂沱大雨、海浪波涛、汽车火车飞机的轰鸣、火箭发射、鸟啼虫鸣等声；有婴儿啼哭母亲的安慰声；有人们各种动作图片：如奥林匹克运动会、攀山峰、孩子们的不同姿态、制作东西、吃与喝等；有地球植被、森林、多种昆虫、鸟类、哺乳类、爬行类、两栖类、鱼类、海螺贝类等。人才是地球的主宰。还有各种人，人类基本数学运算规则，地球上基本的物理单位，1 米、1 秒、1 天、1 克的定义；地球人农业耕种与收获、工业生产与商店、城市建筑与高楼、交通与桥梁、医学与治疗、无线电通信、射电望远镜、飞船发射与宇宙探索等。

“旅行者 1 号”于 1979 年 1 月—同年 3 月 5 日在距木星 34.9 万公里处对木星进行探测拍摄，对其卫星环、磁场及辐射环境作以探测了解和拍摄后，向土星进发。完成对土卫六号星考察后，1980 年 11 月，在距土星 12.4 万公里处掠过土星，2013 年 9 月 12 日已飞离太阳系，目前距太阳超过 220 亿公里。

“旅行者 2 号”飞行速度缓慢，以有些不同轨迹接近土星及土卫六号卫星探测，1986 年飞往天王星探测，1989 年飞往海王星探测。2018 年 12 月 10 日飞离太阳风层进入星际空间。传回所窥见的太阳系与星际空间相接区域的图景；对称的日球层犹如太阳风吹出的巨大“气泡”，太阳系行星都在“气泡”内。太阳系和星际空间的边界，太阳风与星际风在这里达到平衡。宇宙的磁场平衡等，现距太阳约 182 亿公里，朝着天狼星飞去。

这四个宇宙飞行器，承载着捕获外星信息和外星人联络的使命，与外星人建立关系的愿望，已飞离太阳系，向着更遥远的太空星际飞去。

宇宙太空研究人员伊万·杜蒂尔（yvan D util）和斯蒂分·仲马（Stephane Dumas）开发的星际罗塞塔·斯通系统编写了“宇宙呼叫 1 号”，于 1999 年由乌克兰 RT-70 射电天文望远镜发往太空，希望外星智能生命能截获破解这信息。

俄罗斯科学院射电工程师亚历山大·扎特塞维（Alexander zatsev）和“宇宙呼叫”信息研究小组，采用类似“宇宙呼叫”

信息发送装置，除了类似的信息外，还有包括一种泰勒明电子琴的昔日创新型乐器，演奏的电子音乐会信息，发向类似太阳恒星-47大熊恒星在内的6颗恒星系。预计2047年该星系中可能存在的智慧生命接收到这些信息。

2008年，亚历山大·扎特塞维在社交网站上收集了包括《X档案》演员吉莉安·安德森和小飞侠乐队在内的反映当时地球人类生活热点的各种信息501条——“来自地球的信息”，用RT-70射电天文望远镜发向Gliese 581c行星，预计这些信息将于2028年抵达。

2008年6月，安装在北极圈的雷达装置向47大熊恒星系发送长达6个小时的“多力多滋”信息。2008年下半年，研究人员将科幻电影《地球停转之日》发向阿尔法半人马星座。

2009年8月，由澳大利亚堪培拉深太空通讯系统向Gliese 581d行星发送其中包括一条叫作“来自地球的问候”的信息，预计2029年抵达。

除了向外星人“送礼”，近几十年来科学家一直采用一种更有希望的方式——电波来搜寻外星文明，射电天线向银河系及外太空发射功率强大的密码式无线电信号，密码中含有有关地球及人类极其重要的信息。

……

近日，中国天眼观测到一颗星球，疑似上面有液态水和绿色植被，表明上面应该有光和温度，与地球极为相似，被称为第二个地球。认为此星球是未来人类移居的选择星球。

如果地球人发现了地外有和地球相同或类似适合地球人生息繁衍的星球，会不会把它当作殖民地，向这星球移民？那么，如果外星人发现了我们地球，会不会这样做？不可避免地引起人们的担忧：人们向太空宇宙发出那么多的地球信息和图像，如果被外星人收到破解，找到地球位置，会不会向我们发起攻击，占领地球，来地球殖民？那么，我们怎样应对，怎么把外星人驱除出去，保卫地球？

这引起了人们对以上科学家的做法的非议。

Akiiiiya：真觉得这个行为很傻很作死，你敢打包票遇到的一定是友好善良跟你手握手做好伙伴的外星人吗？……如果遇到的是走侵略狂暴路线的，简直是跟人家说我在这里啊，快来揍我啊……

Nailuojay：毫无道理地将外星人定义为善意的存在，并且完全暴露了自己。

娜塔狸：看过《三体》知道黑暗森林理论之后，就觉得这有点可怕。

Twilight·杨：看完后不寒而栗，就这样把自己所有的底细交给了不知是敌是友的外星人。

Mayflower-sunducheng：NASA 整个这玩意儿经过人类投票许可了吗？反正作为人类的一员，我不同意这种暴露自己的危险行为。

故事总是到这里就结束了：……人类这样完完全全把自己的坐标向全宇宙公开，会不会引来毁灭之灾？

Eternal—阿尔的胖次套头上：然而作死之后，外星人就了解了地球的一切，好的大王占领地球。

欧阳轩斌：这不是在作死吗？人类拿什么对抗来访的外星人？如果 TA 们真的来地球了，难道就是为了和你握握手，拿点土特产吗？

笙歌散尽——加铃真仓米糖催婚委会：然后外星人开心地***了，第一手资料来征服地球了。

在失望中踽踽前行：我在想会不会将来某一天人类的一个很紧要的任务是去把“旅行者号”抓回来。

呐喊食指：霍金说，这张金唱片对于地球生命真有极大的威胁。

……

霍金说，地球资源丰富，如果被外星文明发现，就像当年哥伦布到达美洲，新大陆的掠夺历史将会重演，最终人类被清除，地球资源被外星人占有。既然外星人有能力从遥远的宇宙来地球，相信做到这些并不难。他认为，监听宇宙信号是必要的，距离地球最近的100万颗恒星都会被探测是否有文明信息号，不要立刻联系，我们在不知道对方发展到什么文明阶段前不要贸然联系，不然我们的星球会存在被殖民的风险，岂不是引狼入室？

我们希望找到外星的同类，好朋友，好伙伴，相互协助，同发展，共享宇宙美好生活。这是不是地球人的一厢情愿？如果遇到的不是我们美好的愿望呢？如果外星人向地球移民，与地球人发生争夺地球的战争呢？会不会给地球人造成灾害？

地球迄今仍是地球生命生存繁衍之基，是地球生命的唯一家园。探测宇宙星球是必需的，要在保护好地球人及生物生命安全的基础上，科学界多方面地慎重考虑，细致分析，认真讨论，研究出具体方案，并征得多数科学界人士和人们的认可方进行，而不得将太阳系及地球的位置，地球环境及人类文明活动等情况和盘托出给外星人……

半个多世纪以来，人们向太空发射多种飞行器对宇宙星球进行探测，并发出多种信息与地外生命进行联系，迄今为止没有发现地外生命的踪迹，没有收到地外生命回应的信息，原因可能是：

一、按地球人现有的科技水平，飞行器所能探测到的信号所能发到的宇宙区域的星球上，无生命存在。

二、即有星球上存在生命，而只是低等生物，没有被地球人发现，而地球人所发出的信号与它们无缘。

三、即有星球上有较高等动物，如大型哺乳或爬行之类，对地球航天器无睹，信号无闻，地球人所做的一切对它们来说是对牛弹琴。

四、有星球上有智能生命且有科技，但其科技水平和地球人的科技水平不在一个水平线上，不知地球发射的探测器和光盘为何物，是什么玩意儿，有何用途？地球信号怎么破解，是何意图？

五、各星球的质地、环境不尽相同，所演化出的各生命生态不尽相同，高能生物的文化科技也不尽相同。可能外星高智能生物的文化科技还不能与地球人的科技相沟通，无法相互联系。

六、有高智商，高科技生命，但其所在的星球距地球太遥远，即使收到了地球所发出的信号，并即刻回复信息，也要等到几十年，几百年，甚至更长的时间才能返回地球，地球人现在收不到。

七、有高智慧高科技的生命发现了地球人探测器，懂得地球光盘上的文字和图解，破解地球人发出的信息，正在寻找地球所在的太阳系在银河宇宙中的具体位置。

八、有高智商生命，因在其星球上生存几千万年，对其星球生存环境有严重的依赖性，不适应地球的生态环境。

九、有高智慧高科技的外星生命（外星人），发现并懂得地球光盘文字图片，破解地球人发出的信息。为避免地球人对他们的生存打扰和伤害，慎重起见默不作声，隐藏起来（藏而不露），并在寻找太阳系地球的位置，对地球监听窥探，研究怎样征服地球。

……

地球生命迄今有多少年？

美国斯坦福大学教授迈克·泰斯和唐纳·罗夫，对一株珊瑚进行细致分析后，结论其形成于 34.16 亿年前，比现在科学界公认的地球生命最早年代还要早 1600 万年。也有资料说，目前发现的最早的细胞类生物化石距今已有 35 亿年。也有科学家认为，最原始的地球生命可能出现于距今 38 亿年前，甚至可能更早一些。

人类学家运用比较解剖学的方法，研究各种古猿化石和人类化石，测定人类最早的相对年代和绝对年代应是 500 万年～800 万年，目前学界一致认为古猿转变为人类的始祖的时间在 700 万年前。

有资料说，如果从腊玛古猿算起，在地球上大约经过了1000 万年，如果从南方古猿算起，在地球上大约经过了 440 万年。

地球生命是脆弱的，对生存条件要求非常苛刻

地球生命是地球千万年乃至 30 多亿年孕育出来的。这些生命自诞生之时起，在地球大自然中亿万年漫长的不断抗争，适应，繁衍，演变，进化，延续至今，已习惯了地球大自然的生存环境和物质营养条件，并对此产生了严重的依赖性，与地球大自然融为了一体，成为地球大自然的一部分，地球生命离开了地球大自然的生态环境就难以生存。

太阳风暴，小行星、慧星、陨石对地球的撞击，大的洪水，冰川，地球内部运动造成的海啸、地震、火山爆发、地块漂移，地球大气臭氧层的破坏，伽玛射线暴等宇宙及地球大自然稍有改变都能危及地球生命，甚至给地球生命造成灭顶之灾。

地球上出现过五次生物大灭绝

46 亿年前，地球起源于原始太阳星云，自 38 亿年前，也有资料说 40 亿年前地球原始生命产生之后，人们认知的地球曾出现过五次大的生物灭绝。

第一次发生在 4.4 亿年前的奥陶纪未期。其原因古生物学家认为，地球板块漂移撒哈拉沙漠南移靠近南极时，形成了厚的冰层，冰川封锁住水，冷却洋流和大气环流，整个地球温度

下降，成为人们所说的冰川时期，而长达千万年之久。也有科学家认为超新星的伽玛射线暴对地球的袭击，造成了对地球保护的臭氧层的破坏等。这次造成85%的地球生物灭绝。

之后，地球陆地面积不断扩大，陆地生物大量出现进化，脊椎动物飞速发展，爬行动物也开始出现。

第二次发生在3.65亿年前的泥盆纪晚期，造成这次生物大灭绝的主要原因，有资料说小行星撞击地球；有说地球气候突变，导致气温骤降；有说超新星爆炸，释放的能量辐射冲击地球，导致地球臭氧层空洞。这次造成70%的地球生物灭绝。

第三次发生在距今2.5亿年前的二叠纪末期，这是五次生物大灭绝中最大的一次。其原因，科学家认为可能是地球曾发生海平面下降和大陆漂移，所有大陆聚成了一个联合的古陆，沙漠扩大，致使很多生物失去了生存空间，西伯利亚大规模火山爆发等。也有科学家认为可能是超新星爆发发生的伽玛射线暴照射地球，大气层中的臭氧和氧气减少造成的。这次造成地球生物科数量减少52%，物种数量减少90%以上，海洋生物灭绝96%，陆地脊椎动物灭绝70%以上。

之后的2亿3500万年前白垩纪和侏罗纪时期，地球上出现了恐龙。但并未成为地球霸主。而这时期的地球霸主是鳄，总类近100种。

第四次生物大灭绝在2.03亿年前的三叠纪晚期。其原因有多种说法：其中有资料说，此时地球所有的陆地连在一起，形成一块超级大陆——盘古大陆。由于地球内部的运动，从美国东部以及加勒比地区裂出一道长约2500千米，宽50米的裂缝，将这大陆裂成两半——劳亚古大陆和冈瓦纳大陆。后裂缝从佛罗里达一直延伸到中大西洋。开始从裂缝中喷发蒸汽，周边气温急剧上升。接着炽热的岩浆从裂缝中喷薄而出，所到之处，一切生物都被毁灭。接着多处火山爆发，造成森林大火，植被灼烧……这一切造成温度剧烈上升，二氧化碳等有害浓烟滚滚，遮天蔽日，尘灰纷纷，大气含氧量迅速下降，导致陆地生物灭绝70%以上，海洋生物灭绝96%。也有科学家认为造成这次生物大灭绝的原因可能是小行星撞击地球，或是超新星爆发伽玛射线暴对地球的重大影响。

在这次生物大灭绝中，恐龙躲过一劫幸存下来，并得到大发展，开始了它对地球的统治。

第五次发生在6500万年前的白垩纪末期，其原因科学界普遍认为是小行星对地球的撞击，造成一场或多场流星雨，大量有害气体和尘埃进入大气层并覆盖全球多年，阳光无法穿透，气温急剧下降等，导致全球生态系统崩溃，植物不能获得能量（光和作用），海洋藻类和陆地森林逐渐消亡，动物食物链基础环节受到破坏，无食而亡。另外还有气候变迁，地磁变化和大陆漂移造成第五次生物大灭绝说。恐龙在这次劫难终未能幸免而亡，结束了它对地球长达1.2亿年（也有资料说是1.6亿年）的统治。

之后，地球哺乳动物开始大发展，人类原始生命诞生。

地球上会不会出现第六次生物大灭绝？

地球生态环境的改变或破坏可给地球生命带来重大伤害。造成这种情况的有两种原因：

一、宇宙及地球大自然的变化使地球生态环境的改变。

二、地球人对地球生态环境的破坏。

（一）空气污染

工厂、企业在生产过程中废气的排放；各种内燃机如汽车、飞机、轮船等交通运输工具和工程机械等废气的排放；垃圾燃烧等有害气体的排放；建筑装饰材料、甲醛、苯系物及其他有毒化学气体的释放……人的非为使大气中废气剧增，臭氧层破坏，温度攀升，气候变暖：2021 年西伯利亚寒冷的北极圈内的雅库特出现了 48℃的高温，加拿大北纬 50 度以北寒冷地带的莱顿出现了 50℃的高温，2021 年 6 月科威特出现了 74℃的高温，2021 年 7 月美国的死亡谷出现了 81℃的高温。常年气温在 0℃～零下 70℃，千里冰封寒冷的格陵兰岛，2021 年 8 月 14 日出现降雨。天热地燥，引起世界多国火灾。加拿大：2015 年 7 月哥伦比亚森林大火，2016 年 5 月阿尔伯塔省森林大火，2018 年 7 月安略省森林大火，8 月哥伦比亚森林大火，2021 年 6 月亚利桑那州两个国家森林大火，7 月哥伦比亚森林大火；美国：2020 年 10 月加利福尼亚山林大火，2021 年 6 月亚利桑那州两个国家森林发生大火，7 月加利福尼亚再次山林大火。澳大利亚：2019 年 9 月东海岸昆士兰、新南威尔士两个州发生森林大火，持续 7 个多月。2021 年 2 月大火卷土重来，珀斯郊野山火燃起。2021 年 7 月西班牙、希腊、意大利撒丁岛发生森林大火。……其火光冲天，浓烟滚滚，弥天蔽日。火仗风势，风助火威，迅猛蔓延，所到之处，吞噬一切，亿万生灵，化为灰烬。气候的变暖，又造成了南北两极冰雪融化，雪山消融，海平面上升，很多岛屿陆地沉没。人的妄为惹怒了大自然，致使天气热冷无序，变幻无常，或天干地裂，禾蔬无收；或台风、飓风、龙卷风摧倒大树，卷起房屋，或电闪雷鸣，暴雨倾注：2021 年 4 月至 9 月，非洲马达加斯加岛国南部发生严重干旱，造成农作物干枯，几乎绝收，人大饥荒。2021 年 5 月，墨西哥 410 平方公里的第二大湖泊干涸。2021 年 7 月南半球热带的巴西 33 座城市三伏天大雪纷飞，下雪厚度 1 米多。2010 年 10 月，泰国、越南等东南亚国家遭到数十年不遇的特大暴雨洪灾。2019 年 5 月，美国中部遭到历史上最为严重的强降雨，造成 400 多个区域洪涝，河流暴涨。2021 年 7 月，亚洲中国河南，欧洲的英国、德国、法国、瑞士、罗马尼亚、比利时、荷兰、卢森堡等遭到了很多人有生以来，甚至前所未有的特大暴雨的袭击。其洪水滚滚，江河横溢，山体滑坡，房倒屋倾，城淹郭没，一片汪洋，人或为鱼鳖。

（二）水污染

工业、企业在生产过程中未加处理的各种废水的排放；人在生活中所使用的如肥皂、香皂、洗衣粉、牙膏、洗发膏、洗洁精、化妆品等污水的排放；各化学物质、医疗废水的排放；19 世纪重大发明塑料给世界各国造成了极大的祸患：人们用塑料包装盛放食物而使塑料物化分解进入人体。塑料等垃圾在沟河坑洼地堆放所造成的污水的流放……污染了地表水、地下水，致使很多水不能饮用，不可灌溉，造成沟河水变质乌黑恶臭鱼虾绝迹。湖泊海洋鱼类锐减且鱼含毒素。在 10540 米深的菲律宾海沟发现了大量的塑料垃圾，从塑料包装到衬衫、裤子、玩具应有尽有，就像大型的塑料超市。有资料说，每年进入海洋的塑料垃圾 1000 多万吨。海洋中的塑料在浸泡后被太阳照射分解成微小的颗粒，被鱼类误食后最终送上了人们的餐桌。

（三）食品污染

工业、企业废水对农田及农作物的污染；多种大量剧毒农药对农作物的喷洒施用；养殖业生长剂、安眠药、避孕药、性激素、抗生素、瘦肉精等药物的滥用；食品中面粉添加剂、膨化剂、防腐剂、色素、香精、糖精多种化学品的滥用；勾兑的各种假奶制品、假酒、假果汁等有毒有害饮料的充斥……致使人们的食品严重污染。

（四）沥青的使用，覆盖了地面，污染了空气，污染了土壤，使地面温度升高。

（五）对地球资源过度的掠夺性的开发，致使资源枯竭。

（六）核泄露，对地球生物灭绝性的危害。

……

以上种种人的非为，致使地球生态环境受到严重污染破坏，多种天灾的出现，多种病菌病毒的滋生肆虐，人及生物多种难料的疾病暴发。

如果人们继续妄为，可能地球将不堪承受对她的伤害，无力滋养地球生命，会不会给地球生命带来第六次大的灾害？

这不得不令人堪忧。

地球之外宇宙中有没有适合地球人生存的星球？

我们知道，在某地长期生活的人，离开了本土到外地还会有气候环境和水土不服的现象。在地球生存繁衍几百万年的人，已适应习惯了地球的生态环境和物资营养模式，并对此产生了严重的依赖性，地球的生态环境和物资营养稍有改变，便会有灭顶之灾。那么，地球人若离开了地球到不同于地球的星球上去，将无法生存。

德国哲学家莱布尼茨说过："世上没有两片完全相同的树叶。"尽管浩瀚的宇宙中有无以估算想象那么多的星球，但各星球千差万别，光的强弱，温度的高低，风速的快慢，空气的净化程度，含氧量的多少，含水量的盈缺。碳、氢、氮、氧、硫、磷等地球生命的基本元素，植物的生长，食物的物质营养成分，微量元素，磁场，星球的重力，引力等等和地球相同或类似的星球则少之又少，要找到适合地球人居住生存的星球如大海捞针，难以寻觅。

假若人们有幸发现了人类生存需要的生态环境，物质营养等和地球相同或类似的星球，距地球若干亿公里或若干光年，人们乘什么样的交通工具（飞船）飞往彼星球呢？每次能载多少人？即使人的科技水平能造出和光速一样快的飞船，也要几年、几十年、几百年，甚至更长的时间才能到达彼星球。那么，路上需要多少盘缠：需要带多少氧气？多少水？多少食物？多少抗高温和御严寒的太空服等。若所带的物质耗尽还没能到达彼星球，会不会客死途中？人的寿命几十年，即使是能长命百岁，如果其星球遥远，需要几十年甚至百余年才能到达，会不会终老太空？即使是婴儿乘坐宇宙飞船，几十年后甚至更长的时间才能飞到彼星球，已过了婚育年龄，到了彼星球也不能生育繁衍了。……

有些事想象着容易，而实际做时则难了。

救救母亲

目前，地球人类移居外星球并不现实。

地球是生育我们的母亲，母亲的胸怀——地球生态环境仍是我们的而且是唯一的温馨的家。

要使各国、各民族及全人类有危机感，认识到保护地球生态环境的重要性，紧迫性，引起世界各国、各民族及全人类对地球保护的高度重视，成为人人生活重中之重的事，并自觉地、切实地保护地球母亲。要让她健康永在！美丽永在！

地球母亲已不堪忍受对她的伤害，在喘息，在流泪，在呻吟，在呜咽……

救救母亲。

2021 年 9 月

淮阳古韵

黄河是中华民族的摇篮，黄河两岸是华夏文明的发祥地。地处黄河南岸的河南淮阳文化底蕴深厚，地上地下遍布文化宝藏。

6000年前，伏羲女娲在这里建都，中国由母系氏族过渡到父系氏族。伏羲在这里进行了多种重大的社会改革和发明创造，开创了中国远古渔猎畜牧养殖时代。最早用德高望重，发明创造和先进文化（并非用争战）统一了华夏各民族。继伏羲女娲之后的5000年前，炎帝神农氏在这里用木制作耒耜教民耕地播种五谷，开创了中国原始农业。并尝百草给民治病，开创了中国医学。这里有伏羲的陵墓和画卦台；有炎帝神农教民艺五谷的五谷台；有发掘出的4500年前的地下古城；有周初创建陈国的国王陈胡公墓；有纪念春秋时孔子周游列国在陈绝粮七日而仍弦歌、讲诵不止的弦歌台；有秦末陈胜、吴广农民起义军攻秦的陈胜吴广点将台；有汉代韩信被刘邦所擒纪念韩信的平信桥；有为纪念北宋时包公下陈州放粮，处置朝廷贵戚曹某的包公祠；有苏辙在此做官，苏轼来此游历，兄弟二人读书作赋的苏子读书台；有纪念南宋抗金民族英雄岳飞的岳忠武祠……

从这些文字中可以观看一些远去的中国人文现象和社会状况，从以往的故事中可以聆听一些悠久的华夏古韵。

画 卦 台

画卦台，亦名八卦台、八卦坛、揲蓍坛，位于县城至北关公路东则湖中。

《元和郡县图志》载：“宛丘（淮阳）县八卦台及坛在县城北一里，古伏羲氏画八卦于此。”《太平寰宇记》云：“伏羲于蔡水得白龟因画八卦。”《史记·太史公自序》说：“余闻之先人曰：‘伏羲至纯至厚，作易、八卦’。”《中国通史简编》第一编说：“如果八卦确是一种记事符号的话……当是出于太皞（伏羲）或太皞族。”

台呈龟形，高 2 米，面积约 10 亩。台上有门楼、画卦亭、拜殿、东西厢房等。台中央有株苍劲挺拔的古柏。

台前有池，称白龟池，又名蔡池，蔡池秋月，相传为 6000 年前伏羲于蔡水得白龟凿池养龟之处（现池与湖水相连）。伏羲从白龟身上的花纹得到启示，“仰则观象于天，俯则观法于地，观鸟兽之文与地之宜，近取诸身，远取诸物，”在画卦台绘制出融天文、地理、自然、社会等多种科学知识为一体的先天八卦。先天八卦首创“对立与统一”、“时间与空间”的哲学思想，奠定了中国古典哲学之基础，在东方地平线上升起了中华早期文明的一道曙光。

先天八卦，用“—”代表阳，用“- -”代表阴，用三个这样的符号组成八种卦形，叫作先天八卦。每一卦形代表一定的事物。“ ☰ ”为乾，代表天；“ ☷ ”为坤，代表地；“ ☵ ”为坎，代表水；“ ☲ ”为离，代表火；“ ☳ ”

为震，代表雷；“☶”为艮，代表山；“☴”为巽”，代表风；“☱”为兑，代表沼泽。八卦相互搭配又得六十四卦，用来象征各种自然现象和人事现象，为千变万化的社会科学和自然科学规律图……许多学者利用八卦的原理，叩击着现代科学殿堂的大门。有资料表明：“17 世纪，德国大数学家、哲学家莱布尼茨，通过实践肯定了八卦二进位制的数学原理和巨大实用价值，写有关于八卦的数学论文，且根据八卦的这一原理制作了第一部‘手摇计算机’。美国一名叫冼能的将二进数逻辑法则应用于电路中，使手摇计算机发展成‘电动计算机’乃至‘电子计算机’。八卦的原理是无极生太极，太极生两仪，两仪生四象，四象生八卦……分到六十四为止。人和动物遗传基因密码子的变化也分到六十四为止。音符时值的划分，也是分到六十四……”果真如此的话，以上的科学研究结果，竟与六千年前伏羲绘制的八卦原理相吻合，这不得不使人们为伏羲的先天八卦而惊叹！为八卦原理的精深玄妙而深思……

1984 年 8 月 16 日，淮阳东关少年王大娃在白龟池湖区钓得一只白龟。龟重 650 克，腹、背乳白色，龟甲高隆，甲上图案 13 块，甲周图案 24 块，眼似珍珠，四肢有鳞，为稀世白龟。经有关专家鉴定，龟龄 240 余年。白龟出水的消息曾先后在《河南日报》、《人民日报》、《光明日报》、《大公报》及河南电视台、中央电视台等做了报道。这只白龟是否是 6000 年前伏羲凿池所养的白龟后裔?能否印证当年伏羲根据白龟身上的花纹绘制八卦这一古老传说?为了使白龟后代延续，1997 年夏将白龟放生于湖中。

五 谷 台

五谷台，位于湖东北岸，距城 4 公里处，相传为 5000 年前炎帝神农氏教民稼穑的地方。

神农氏，名石年，为少典国君之子。其母有蟜氏女，曰女登，生二子。石年居长，生于烈山，育于姜水，故以姜为姓，号烈山氏，以火德王，故称炎帝。

据《史记·帝王世纪》和《历代帝王陵寝备考》记载，公元前 30 世纪“炎帝神农氏……以火德王都陈（陈即今河南淮阳）……”《陈州府志》叙云：“陈为伏羲氏建都地，神农因其旧而都之，故名之曰陈。”淮阳自此称陈。

6000 年前伏羲渔猎时代，由于网的发明和使用，捕获力大大向前发展，开创了中国原始畜牧养殖业。由于人们的禽兽鱼食物较为充足，社会繁荣安定，人口繁衍较快逐渐增多。到了公元前 3000 年的炎帝神农时期靠渔猎人们的生活已难以维持。《白虎通义》说：“古之人民皆食禽兽之肉，至于神农，人民众多，禽兽不足，于是神农因天之时，分地之利，制耒耜，教民农作，神而化之，使民宜之，故谓之神农也。”《钢鉴易知录》说：“古者，民茹草木之实，食禽兽之肉，未知耕稼，炎帝因天时，相地宜，斫木为耜，揉木为耒，始教民艺五谷，而农事兴焉……天下宜之，故号神农氏”。为了解决人们的温饱，摆脱饥饿的威胁，炎帝神农氏选取草木的种子进行培育，用木制作耒耜，带领先民们播种五谷（稻、黍、稷、麦、豆，泛指粮食作物），栽种果木，开创了中国原始农业。中国由伏羲渔猎时代而逐步进入炎帝农耕时代，而生产力及物质文明、精神文明也随之向前大力推进。

陈处黄淮冲积平原，壤层深厚，土地肥沃，气候温和，雨水充沛，是天然的农作物种植之地。这里农作物生长繁茂，产量高，品质优良，一年可一次或两次成熟，源源地为人们提供着食物，饥饿问题得到了解决。

时民有疾，故多病亡。神农忧心忡忡，寝食难安，便为民寻找治病的良方。《钢鉴易知录》说："民有疾，未知药石，炎帝始草木之滋，察其寒、温、平、热之性……作方书以疗民疾，而医道自此始矣"。神农尝百草，察其寒、温、平、热之性，辨其治疗之功效，常常中毒而昏迷（曾一日数次中毒）。他把治病方药记下来为民疗疾，开创了中国医学。

日月轮回，寒暑更替，神农又教民织麻而衣御寒遮体，结束了先民们披皮裹叶的时代。

据有关史料记载：五谷台，高二丈余，面积十亩，原是炎帝神农教民种五谷，祭苍天（大自然）祈求寒暑适宜，风调雨顺，五谷丰登和庆丰收的地方。为纪念他的功德，后人在台上建有五谷庙，庙内塑有手捧五谷的炎帝神农像。历代达官贵人、文人学士到五谷台拜谒炎帝神农者比比皆是。据《淮阳县志》载，三国时陈思王曹植到五谷台谒圣时留下了"少典之胤，火德承木；造为耒耜，导民播谷；正为雅琴，以畅风俗"的《神农赞》。当今老百姓都称之为"五谷爷"。国内民众，海外华人常来朝拜祭祀，盛时日达万余人。

平粮台古城遗址

平粮台古城遗址位于湖东南岸，距城 4 公里，朱庄村西南隅。

1980 年河南省、周口地区文物训练班在平粮台发掘出一座完整的古城遗址。古城址高出地面 3 米至 5 米，正方形，面积 5 万多平方米。城墙夯土筑成，残高 3 米多，顶宽 8 米至 10 米，基宽 13 米。南北城墙中段各辟 1 门。南城门两侧有门卫房两座，路土下有三排倒“品”字形的陶制排水管道。城内有长方形土坯排房房基、界墙，且出土了大量的珍贵文物：有远古人的生产用具石斧、石锛、石镰；渔猎用具骨鱼钩、石网坠、石箭头；生活用具陶鼎、陶罐、陶壶、豆瓮、陶碗、陶盆；装饰品骨簪、陶环、骨镯等。还有远古人烧烤过的动物骨骼如蛤蚌、贝壳、鱼牙、鱼骨；燃烧过的木炭和未燃尽的树枝；烧制陶器的窑址等。

经考古学者多方鉴定和国家文物局、文物保护科学技术研究所用“碳-14 测定，城所筑的年代距今已 4355±175 年。它是我国也是世界发掘的、罕见的、较早的古城之一。平粮台古城遗址的发掘，对于我国乃至世界古代城市的起源，国家的形成，城市防御工事的构建，排水管道的铺设，冶炼技术，及人们的生产、生活状况等都有非常重要的考古和研究价值。

1988 年 2 月 13 日，国务院将平粮台古城址公布为国家重点文物保护单位。

弦 歌 台

弦歌台，又名厄台，绝粮台，与九曲桥相映在县城西南隅湖中。

弦歌台原为东汉陈王刘宠所筑弩台。唐开元年间移孔子庙于台上。现台上建筑为明成化六年（1470）陈州知州戴昕为纪念孔子困于陈（淮阳春秋时期为陈国）、蔡（蔡国）绝粮七日仍讲诵、弦歌不止所建。明弘治七年（1494）重建，塑孔子像，列颜渊、闵子骞、冉伯牛、仲弓、宰我、子贡、冉有、季路、子夏十哲位。嘉靖七年（1528），增拓正殿七间、门二座，题“绝粮祠”。嘉靖二十一年（1542）改名为“弦歌台”。清乾隆五年（1740），建屋二十楹于楼庑花卉之隙，建“弦歌书院”，教授学生。因此，弦歌台以名“弦歌夜读”。

现台高 4 米，南北长 90 米，东西宽 45 米。台前立有约 10 米高的孔子塑像。台上建筑，坐北朝南，现有：正门、二门、正殿和东、西厢房。

正殿：面阔 7 间，进深 3 间，单檐歇山式，周有回廊，廊下有 24 根方形石柱承托，顶覆绿琉璃瓦，兽脊。殿门两侧石柱上镌有“堂上弦歌七日不能容大道，庭前俎豆千年犹自仰高山”的对联。殿内饰菊花、龙纹。殿堂中央立有 3 米高的孔子铜像。

春秋末年，孔子为了宣传自己的政治主张，追求以周礼即周朝传统的贵族等级制度为准的理想社会，公元前 497 年，在其55岁时率一批门徒（学生）离开本土鲁国，开始了“周游列国”的旅程。他先后到了卫、曹、郑、宋、陈、蔡、楚等国，历时14年。但孔子的政治主张并没有被诸国采纳。公元前484年68岁时返回鲁国。

孔子“周游列国”期间曾三次来陈，在陈长达四年之久。第一次来陈是公元前496年9月，住在城东南隅老友陈国大夫司城贞子家，在陈讲学岁余。第二次来陈具体时间不详。第三次来陈是公元前492年，在陈讲学三年。

《淮阳县志》载：“公元前489年，楚昭王使人聘孔子，陈、蔡人围孔子于野，绝粮。楚昭王迎之，得免。”《史记·孔子世家》载：“……闻孔子在陈、蔡之间，楚使人聘孔子。孔子将往拜礼，陈、蔡大夫谋曰：‘……孔子用于楚，则陈、蔡用事大夫危矣。’于是乃相与发徒役围孔子于野。不得行，绝粮七日，从者病，莫能兴。孔子讲诵弦歌不衰……？”其他《韩诗外传》、《孔子家语》、《孔子集注》、《搜神记》等史书也有孔子在陈绝粮的记载。

后来的一些文人对孔子推崇备至，把他“虽断粮七日，乃讲学歌诵不止”的行为和精神赞为孔子的伟绩。宋代文学家王禹偁在陈州《厄台碑》中，把孔子厄于陈蔡与“天地厄于晦明，日月厄于薄蚀，帝舜厄于历山，大禹厄于洪水，成汤厄于夏台，文王厄于羑里”相提并论。曾巩也称孔子陈蔡绝粮是“圣人齐日月之明，不能违日月之道。”

陈胡公祠

淮阳县城东南隅湖中有座陈胡公祠。

陈胡公原名妫满，虞舜后裔。因其品德高尚，才识过人，故周初周武王将元女太姬配于他，封他于陈（淮阳）建立陈国，妫满谥号“胡公”，为陈国第一任国君。他修筑陈城，以抵御外敌入侵；以周礼教化百姓，使陈国成为礼义之邦。他向百姓推崇舜时九德：宽大而能敬谨，柔顺而能自立，忠诚而能供职，有治理的才能而又能敬慎，驯顺而能果毅，正直而能温和，简易而能辨别，刚健而能笃实，强勇而能好义。并选贤任能，扬善惩恶，励精图治，使陈国立于十二大诸侯国之林。

当时周朝以国赐姓，所以妫满称为陈胡公。他的子孙皆姓陈，其为中国陈姓宗祖。从陈胡公至陈湣公（前 479）陈被楚国所灭，陈国传 26 君历经 560 余年。

自陈胡公至今，陈氏已有 3000 多年的历史。

陈胜吴广点将台

淮阳城东南隅湖中有一块高地，相传为秦末农民起义领袖陈胜吴广点将台。

陈胜，字涉，阳城（今河南登封东南）人。吴广，阳夏（今河南太康）人。

公元前209年（秦二世元年）7月，一队900余人的贫苦农民被秦王朝征往渔阳（今北京密云西南）服役，在蕲县大泽乡（今安徽宿州东南）被大雨阻隔。时任屯长（队长）的陈胜、吴广商议：按秦律，误期到达要处死，逃跑要处死，起义也要处死。同样是死，就不如干一番大事业而起义。他们分析了当时的形势，认为老百姓仇恨秦王朝已经很久了，号召人民造反，一定会得到天下人的响应。一次，秦派来押送役卒的军官营尉喝醉了酒，吴广故意说要逃跑的话，营尉大怒，拿起鞭子抽打吴广，还拔出剑来威胁他。同伴们见军官毒打吴广，全部愤怒向前，吴广趁机奋力夺剑把营尉杀死。

陈胜、吴广号召大家说："现在大家因遇到大雨误了期，要被杀头，即使不被处死，到那里当兵十有六七也要死。我们死也要死得有名气，王侯将相难道是天生的吗？"于是大家在大泽乡打起了反秦的旗帜，誓师起义，推陈胜为将军，吴广为都尉，中国历史上第一次农民大起义爆发了。

在陈胜吴广的指挥下，起义军一举攻下了大泽乡和蕲县，接连又攻下铚（今安徽濉溪县西南）、酇（今河南永城西）、苦（今河南鹿邑）、柘（今河南柘城）、谯（今安徽亳州），所到之处，贫苦农民们纷纷响应。当起义军攻下陈郡（今淮阳）时，已拥有战车六七百辆，战马一千多匹，步兵数万。陈胜居陈称王，吴广为统帅，建立了中国历史上第一个农民政权，国号为"张楚"。同年，孔子九世孙孔鲋自嵩山来陈，任张楚政权博士（后卒葬于陈）。

为了彻底推翻秦王朝，陈胜吴广在点将台上阅兵点将分兵三路攻秦，吴广率军进攻秦军事重镇荥阳；武臣北进赵地；周市攻略魏地；又命周文率军西征深入关中直逼咸阳。秦朝统治者惊恐万状，急令章邯带几十万军队向起义军扑来，周文孤军深入渑池（今属河南）兵败，战死。十一月，章邯率秦军破陈，旋由陈胜将军吕臣破秦军，复陈为楚。

后，因义军指挥意见分歧，出现叛徒，陈胜、吴广被害，义军失败。但义军沉重打击了秦朝的统治，为项羽、刘邦两支义军推翻秦王朝打下了基础。而淮阳，作为中国历史上第一个农民政权的诞生地被记载。

平信桥

平信桥位于淮阳西城门外，桥下城西南弦歌湖与城西北柳湖湖水相连。

淮阳古称陈，汉刘邦擒韩信之地。

韩信（？——公元前196年），淮阴（今江苏清江西南）人。他长于谋略，英勇善战，为汉初卓越的军事家，与张良、萧何合称“汉三杰”。

韩信少时家贫，父母早亡，衣食无着，常寄食于人，曾受人胯下之辱，但他人穷志大，常研习兵法，弄枪舞剑。

秦末，陈胜、吴广起义，项梁起兵攻秦。韩信投奔项梁，项梁败后归属项羽，为郎中。因他多次在军事上向项羽献计献策未被采纳而逃亡投奔刘邦，做治粟都尉（储运粮草的官）。

韩信仍得不到重用，在一个夜晚骑马逃走。刘邦之下具有“伯乐”之才的萧何知道韩信是匹难得的“千里马”——军事良才，得知韩信逃走，月夜飞马追赶韩信，将韩信劝回。在萧何的力荐下，刘邦拜韩信为大将军。

刘邦采用韩信“明修栈道，暗度陈仓”的用兵之策，击败了雍王章邯，翟王董翳、塞王司马欣，平定三秦，占据关中，地域空前开拓，力量空前壮大。

汉高祖二年（公元前205），汉军出函谷关，攻占了魏王豹的封地。韩王郑昌、殷王司马卬惊恐投降。此时项羽讨齐，刘邦集结五十余万人乘机攻占了项羽之都彭城（今江苏徐州）。项羽大惊，即率精兵三万，大败刘邦夺回彭城。韩信集结军队与刘邦会师于荥阳（今属河南），又大败项羽。自此，楚军再也未能西过荥阳。

这时魏王豹、韩王郑昌、殷王司马卬又叛汉投楚，韩信率军掳获了魏王，攻占了代国。

汉高祖三年（公元前204），韩信东征赵国。而此时楚汉两军在荥阳对峙，汉军吃紧，刘邦调走了韩信的精锐部队，韩信手下剩下不足三万人。

赵王歇命成安君陈馀率大军二十万，在代国至赵国必经之路的险要之地井陉口（今河北井陉北）严阵以待，等汉军长途跋涉到此时，一举将韩信歼灭。

韩信听说，有个足智多谋的李左车随同成安君陈馀到井陉口，李向成安君建议派三万轻骑前去断汉军辎重粮道，并在井陉口深沟高垒坚守，勿战，使汉军进退两难，困死于井陉。

一是汉赵兵力悬殊，二是李左车为成安君出此之策，对此韩信十分焦虑。他派人前去探听，待弄清敌情再定自己的方略。

探马回禀，成安君未采纳李左车的建议，认为韩信千里奔袭必定疲惫已极，如果避而不击，必受世人耻笑。韩信得知消息心中已有数。他率军在离井陉口三十余里的地方驻扎宿营。

午夜时分，韩信选派两千轻骑，每人持一面汉军赤色旗帜，从小道接近赵军营垒。并命令说：“我军正面与敌遭遇后，便假装退却，赵军见我军败走会全军出动追击。你们乘赵军营垒空虚急速进去，拔掉赵军旗帜，换上汉军旗帜，必须小心谨慎，不得有误。”

井陉口一带地势十分险要，漫长的山间通道只能容得一车一骑通过。井陉口东边横贯着从并州流下来的大河，赵军壁垒就设在河东的山坡上。

韩信命汉军在天亮前渡过河去背水立阵。天亮时，赵军见汉军背水立阵，十分可笑，认为此乃兵家之大忌，必败无疑。

这时汉军鼓角阵阵，旗下大将军韩信稳坐在马鞍上和副将张耳指点江山谈笑风生。成安君冷笑道：这韩信自恃刚刚下魏破代，兵锋锐利，全不把赵军放在眼里。骄兵必败，待我冲下阵去，杀他个人仰马翻。”于是下令营门大开，全军鼓噪而出。韩信令旗挥动，汉军迎上前去厮杀。大战许久，韩信弃旗丢鼓，佯装败退。成安君见汉军败走，急令全军向前追杀。汉军背水断了后路，人人奋力拼杀。这时埋伏在赵军营垒旁的汉军乘赵军营垒空虚急入赵军营垒，换上汉军旗帜。双方正鏖战时，赵军见其营垒遍插汉旗，认为赵王歇被俘获，惊恐万分，霎时大乱，纷纷夺路而逃。而赵军营垒中的汉军轻骑也冲杀下来，与正面汉军配合夹击赵军。赵军将士有的逃窜，有的降汉。不多时汉军两将校手提成安君陈馀首级告捷。韩信一面重赏来者，一面传令，不得杀死李左车，生擒李左车者赏赐千金。不久就有小校绑缚着李左车前来请赏。

韩信下马，亲自为李左车松绑，并请其入军帐中坐下。李左车道："败军之将请罪不迭，安敢与大将军平起平坐？"韩信笑道："足下足智多谋，若成安君听信了您的计谋，我韩信将被赵军所擒矣。"

韩信像对待老师一样敬重李左车，李左车非常感动。后来他为韩信出谋划策，安抚燕国，轻取齐国，为汉军的全面取胜立了大功。

汉赵之战韩信以不足三万胜二十万成为以少胜多的典范。

平定了赵地，刘邦又令韩信东征齐国。韩信进军神速，袭击了齐国历下（今山东济南），威逼齐国临淄（今山东淄博）。齐王田广混乱中逃亡，向楚项羽求救。项羽派龙且率二十万大军救齐，韩信用水淹楚，一举歼灭了龙且的二十万楚军。

项羽失去龙且和二十万楚军非常痛心。他知道韩信是楚国的大患，想该怎样对付韩信。谋士武涉为项羽出主意：策反韩信反汉归楚，斩断刘邦这只有力的臂膊。项羽同意。

武涉串通蒯通，蒯通扮作相面先生入韩信军营。卫士退下，蒯通对韩信道："当前楚汉相争，谁胜谁负取决于将军。你向汉，汉胜；你向楚，楚胜。我愿为你披肝沥胆，和他们三分天下。"并说："将军巧渡黄河，俘获魏王豹，活捉夏侯婴，智取井陉，杀死成安君陈馀，擒获赵王歇，镇抚赵国，威降燕国，平定齐国，击败楚军二十万，杀死龙且……你的功劳对刘邦来说够大的了！古语云：‘勇略震主者身危，功盖天下者不赏’，你功劳大，计谋广，是当今独一无二的大将军。你归楚，楚王不敢留你，你效汉，汉王害怕你，这对你很危险，我很为你担忧。”

韩信听后郁闷不乐，但始终没有叛离汉王刘邦。

汉高祖五年（公元前 202），楚汉讲和，约定以鸿沟为界，楚汉东西分天下，休兵罢战。

但，刘邦言而无信，召韩信会师，乘项羽撤兵东归不备，毁约追击项羽。韩信与汉王会师并诱项羽至垓下（今安徽灵璧南），会同各路诸侯，将楚军层层包围击灭。项羽突出重围至乌江（今安徽太和东北）自杀。至此，持续五年的楚汉相争以刘邦的胜利而告终。刘邦做了皇帝，国号为汉，建都洛阳，后迁都西安。

“大风起兮云飞扬，威加海内兮归故乡……”定鼎天下，做了皇帝，心中洋洋得意的刘邦，心中并没有安定。他早对韩信有了戒心，认为威望高，智谋广的军事奇才韩信对他已构成了威胁，想除掉韩信以消除心腹之患。他首先罢除了韩信的兵权，封他为楚王，封地下邳（今江苏省睢宁县）。

韩信回到楚地。原项羽部下有个将领叫钟离昧的与韩信往日有交往，逃到韩信门下。刘邦得知后，要韩信立即逮捕钟离昧。而后有人告发韩信窝藏钟离昧要谋反，被降为淮阴侯。

刘邦召群臣商议，将领们提议出兵征讨韩信。他与谋士陈平商量，陈平说：“论计谋，你的将领不如他，论打仗，你的将领不如他，你轻举出兵，不是逼他谋反吗？”陈平为刘邦出了个“天子巡游”的计谋，假定去南方云梦泽（今湖南洞庭湖一带）巡游，以礼节在陈（今河南淮阳）会见诸侯，韩信不敢不去，趁机捉拿韩信。公元前 201 年 12 月刘邦按陈平之计以巡游之名在陈召见各诸侯。

韩信预感刘邦来得不善，不去陈不行，去了又怕遭暗算。正犹豫时，有人建议把钟离昧杀掉。钟离昧得知后，气愤地向韩信说："今天我死了，明天就是你的死期。"说完拔剑自刎。

钟离昧死后，韩信认为其忠可见，不会引起刘邦之疑，于是赴陈见刘邦。

当韩信见到刘邦时，刘邦却冷笑一声道："事已败露才来自首，已晚矣！"遂大喝一声："来人！"立刻上来几个卫士将韩信捆了。

此时韩信后悔没听蒯通的话，不该对刘邦抱有幻想。他痛心疾首，大喊："苍天啊，狡兔死，走狗烹；高鸟尽，良弓藏；敌国破，谋臣亡。天下太平了，你刘邦做了皇帝，我这个替你卖命的走狗无用了，就要被烹了！"

汉高祖十一年（公元前 196），吕后以韩信阴谋袭击吕后及太子为由，在长安长乐宫将韩信杀害。

说韩信谋反，并没有确凿的实据，只是刘邦消除韩信的托词。这位功高盖世的军事奇才韩信就这样被处死。

装载韩信的囚车出陈城西门，越过城门外之桥向西而去……陈人为了纪念这位卓越的军事家，称此桥为"平信桥"。

包 公 祠

淮阳县城西北隅，内湖南岸有座包公祠。

包公，名拯（999 年—1062 年），字希仁，庐州（今安徽合肥）人，北宋天圣进士，历任知县、知州、监察御史，三司户部判官，东京、陕西、河北路转运使，三司户部副使，知谏院。龙图阁直学士，河北都转运使，知瀛州、扬州、江宁（今南京市）、开封，枢密副史等职。卒后谥号“孝肃”。

包拯做官以断狱英明刚直著称于世。立朝刚毅，贵戚、宦官为之敛手，京师有“关节不到，有阎罗老包”之语，并以直谏而名垂青史。后人把他当作清官的化身——包青天。

庆历三年（1042），包拯在任监察御史时，因陈州遭灾，曾向宋仁宗上《请免陈州添折见钱疏》，并大力呼吁“各纳正税本色钱，权免今年折变……，使一方生灵有再苏之望”。减轻了陈州百姓三分之二的税费。

《陈州府志》卷十四“名宦”中载：“包拯……立朝刚毅。时陈饥，朝廷命贵戚曹某往监粜。其人凭宠怙势，搀秕糠掊克，民苦不胜。事闻赐金牌，命拯往廉之。拯潜入陈城，杂郡民中求粜，忤豪贵，受羁。因出金牌示之，众皆震栗。正刑明禁，立平粜法。豪贵伏诛，民赖全活”。

随着包公陈州放粮戏曲的流布，在淮阳一带，还有着许多传说。林三姐和平粮冢免粮皇契：曹四国舅听说包公来查粜粮之事，令四门严查来往行人。包公一连几天不得入城，在北关徘徊。适值江湖艺人林三姐要进城卖艺，包公请林帮助，林教包更换服装，背着大鼓，王朝、马汉等也换了装，背着其他道具一同进了城。包公查粜粮结束后，为了酬谢林三姐掩护进城之功，上奏皇帝，将平粮冢（人称筛粮冢）的全部土地赏给林三姐，并赐给“永世免粮”的黄色丝娟“皇契”。1966 年林家还有一后人五保户林王氏老太太，因其年迈体弱耳聋，语言不清，那块“皇契”也因历代相传辗转而下落不明。

由于陈人对包拯感恩戴德，明成化年间，知州戴昕在此兴建包公祠。贾恪在《包孝肃公庙碑》文中说：“包公……天性峻严，不苟合，未尝伪为辞色……迄今四百余年，所在士民，闻其风犹知敬畏。陈州公监粜之处，除奸革弊，民受其惠。故其祠立于仓中，礼所在宜也。”

民国十八年（1929），富户傅星，大兴土木，建成一座占地近十亩，两节大院的包公祠。祠眉有“明镜高悬”匾额，两边有“理冤狱关节不通自是阎罗气象；赈灾黎慈悲无量依然菩萨心肠”的楹联。

此建筑已不复存在，现遗址的公包庙（祠）为 1980 年后群众集资所建，以供游人凭吊。

苏亭莲舫

苏亭莲舫，又名苏子读书台、颍滨亭，位于城西北柳湖，原苏花园村东南隅湖中的高邱之上，为宋代苏辙在陈州做“教谕”时读书作诗之地。

苏辙(1039-1112)，字子由，一字同叔，因陈在颍河之滨，所以自号为“颍滨遗老”，眉州（今四川眉县）人，嘉祐二年（1057）间与其兄苏轼同科进士。北宋著名的文学家，与其父苏洵、兄苏轼合称“三苏”，“唐宋散文八大家”之一。宋神宗时为制置三司条例司属官，右司谏，御史中丞，后曾做过尚书右丞，门下侍郎等。其兄苏轼因反对王安石新法被贬，出任杭州通判，苏辙政见与兄一致，宋神宗熙宁三年（1070）也被黜至陈州，辟为州学教谕，居陈三年，宋哲宗时召为秘书省校书郎。

“枕畔书成癖，湖边柳散愁。”苏辙到陈州后，经常读书吟诗，到湖边散步，借以消愁，排解胸中郁闷。他见湖光柳艳，景色宜人；沙禽水鸟，游浮潜沉；荷香拂面，鱼戏荷间。便在湖中邱之上筑室读书，这就是苏轼所说的“宛丘学舍小如舟”的苏亭。苏辙常邀好友张安道、李简夫等在此读书作诗写文。

在此期间苏轼常来陈州看望其弟子由，逗留七十余日。兄弟二人在书亭写诗作赋，相互唱和，留下了不少名篇。苏轼在《次韵子由柳湖感物》中有“惟有柳湖万株柳，清阴与子供朝昏”。“朝看浓翠傲炎赫，夜爱疏影摇清圆”。安慰勉励苏辙，以示他们在共同的情景中心灵相通的手足之情。

苏辙、苏轼在陈期间还治水救民，考察古迹，严谨治学，为陈州百姓做了一些好事。据《淮阳县志》记载，明成化六年(1470 年)，陈州知州戴昕在此重修“读书屋”建成八角琉璃亭，亭基修成船形，名为“苏亭莲舫”，以喻“宛丘学舍小如舟”，也喻“宦海扁舟”；苏亭四周遍植藕莲，暗喻“出污泥而不染”。每值春夏，柳拂曲栏，荷香沁人，文人学士多来此游览，并写下了许多诗句，而“苏亭莲舫”成为陈州主要景观之一。

望湖台

望湖台，又名望雨台，望湖烟雨，位于城西（柳湖）中今西铭山上，北与苏亭莲舫隔水相望，原是一片风光绮丽的园林。望湖台西边是柳湖长堤，堤上垂柳依依，婀娜多姿，宛若少女飘柔的发丝。湖内琼开玉碎，波光粼粼。每到晨暮或细雨濛濛，湖面如雾，堤柳如烟。宋时张咏有诗曰：“昨日凭高向西望，满川烟树雨蒙蒙。”范镇在此也吟诗道：“台上望城下，迢遥知几寻，湖光隐隐见，多碍柳烟深。”所以此台称望台烟雨。

张咏，字复之，号乖崖，谥号忠定，濮州（今山东菏泽鄄城）人。通诗文，博才学，著有《张乖崖文集》。宋太宗太平兴国五年（980）进士，曾任太常博士，枢密直学士。宋真宗时，由寇准引荐，官累工部尚书、礼部尚书，后出知陈州七年。张咏在陈任职期间，花了四年的时间修建了这座宏丽优雅别致的望湖台，其主要建筑有：冷风堂、清思堂、流芳亭、香荫亭、中宴亭、环翠亭、洗心亭、望京亭等。园中，叠石为山，凿土为池，曲径迤逦，画廊窈窕，多植奇葩异草，青松翠竹，真乃影度回廊，鸟鸣绿树……宋真、仁二帝时，三次为相，曾出知陈州的大诗人晏殊，也常在此洗心养性，写诗填词。

望台烟雨是宋代名胜，至元明渐渐失修而破落，1996 年，淮阳人民在此遗址修复西铭山。今西铭山，地势丰隆，宛然若山。山上有亭、有池和碑林，植有垂柳、松柏、榆、槐、竹等。现树木成荫，为观光游览和避暑胜地。

岳忠武祠

岳忠武祠，又名岳飞观，位于太昊陵统天殿东侧。

岳飞，字鹏举，北宋徽宗崇宁二年（1103），农历二月十五日出生于相州汤阴（今属河南）一个农民家庭。他少时家贫，却刻苦好学，喜读《孙子兵法》、《左氏春秋》等，善骑射。

从小就受母亲“尽忠报国”思想熏陶的岳飞，宣和四年（1122）19 岁时从军，立志报国。这时正值北宋多事之秋，1125 年，北方金人灭辽后经常南犯宋朝。岳飞英勇抗金，并屡立战功，任秉义郎、修武郎、晋武翼郎。

朝廷派宋钦宗的弟弟宋高宗赵构外出募兵保卫京师，但赵构心怀异志，观望不前，致使靖康二年（1127）四月金兵破东京（今河南开封），掳去徽、钦二宗、皇子帝姬、后宫妃嫔、亲王宗室、文武大臣、工匠三千多人和玉帛、金银、珠宝、书绘、库藏。北宋灭亡。

在宗泽等文武大臣的保护下，赵构继承皇位，为宋高宗，重建宋朝，史称南宋。高宗继位后，金兵又次南犯。岳飞力主抗金，上书劝高宗赵构“车驾不要日益南去，要在敌人刚来窝穴未牢时率兵北上，收复失地”。高宗听信黄潜善、汪伯彦等一伙奸佞的劝说南逃，对岳飞的忠言非但不采纳，反而免了他的官职。但他一心报国，收复失地的赤心未改，又从军于河北招讨使张所，屡战有功。张所认为岳飞深通韬略，颇具将才，荐他为借补武经郎。后来，张所被投降派贬黜，岳飞又随东京留守宗泽守开封。宗泽称赞他勇敢、才智、武艺可比古代良将，为宗泽所器重，累迁统制。宗泽为抗金操劳过度，忧愤成疾而死。杜充代为东京留守。一日，岳飞见杜充畏惧金兵，要撤军于建康（今南京），就苦苦劝道“中原土地，尺寸不可弃。今日举足一去，土地就不归我所有了！他日要恢复，非十万众不可”。可杜充充耳不闻，竟撤兵南去。建炎三年（1129）金兀术率军大举南下，杜充投敌。岳飞在广德、宜兴等地坚持抗金。

岳飞军纪严明，“冻死不拆屋，饿死不掳掠”，深得老百姓的拥护和爱戴。他为国忘家，为国忘身，留有“北虏未灭，臣何以为家？”“文臣不爱钱，武臣不惜死，天下太平矣”的名言，他精于兵法，长于谋略，英勇善战。一次金人攻打常州时，岳飞迎战，一连打了四场胜仗。不久又在清水亭和金兵打了一仗，大获全胜，金兵死伤惨重，尸横十五里。建炎四年（1130）春，金兀术南下追俘宋高宗未获，大掠财物水运北返。行至黄天荡（今江苏省南京市东北），受到南宋名将韩世忠的阻击，韩夫人梁红玉擂鼓助威，大败金兵。韩军以八千人马围困金兵十万之众达四十八天之久。后金兵挖开老鹳河，逃往建康，遭韩军追击。金兵准备从静安镇渡江时，岳飞率部迎头痛击，杀得金兵晕头转向，丢盔弃甲，尸横十几里。其残部窜回建康，抢掠一空后付之一炬，身背财物，渡江北逃。岳飞率军追杀，金兵如惊弓之鸟，争挤上船，多数落水溺死。岳飞乘胜收复建康，被升迁为通、泰镇抚使。后又平定了李成等部匪军，受到高宗赞赏，升任江西制置使。

1130年秋，金军在陕西进攻。第二年，在和尚原（今陕西宝鸡市西南）被宋吴玠、吴璘军打得大败，金兵被俘以万计。

绍兴三年（1133）冬，金兵十万向南进犯，金人傀儡伪齐刘豫军也向襄阳推进，很快占据了襄阳、郢（今湖北钟祥）、随（今湖北随州市）、唐（今河南唐河县）、邓（今河南邓县）、信阳（今河南信阳市）六州郡之地。眼见国土再次沦丧，岳飞上书朝廷，要求北伐。绍兴四年（1134）春，高宗命其出征，岳飞率部气势勇猛，出师大捷，横扫金兵如卷席，至夏收复了襄阳等六州郡。并大败伪齐刘豫军。升任清远军节度使，湖北荆、襄、潭州制置使，后又被朝廷封为武昌郡开国侯。

他驻军鄂州（今湖北武昌）时，联络太行山义军，屡请大举北进，反对屈辱求和。

绍兴十年（1140），宋刘锜军以二万人在顺昌大破金精锐之师十万余人。同年，金兀术分兵四路再次南下进入河南。岳飞率部迎击，先后收复颍昌（今河南许昌）、淮宁（今河南淮阳）、郑州、洛阳等地。在郾城（今属河南）大破金兀术的精锐之师“铁浮图”和“拐子马”。“浮图”在佛语中是“铁塔”的意思。“铁浮图”即“铁塔兵”，为兵强马壮，人马具披双重盔甲，号称攻无不克，战无不胜的重型骑兵。“拐子马”是由三匹马连接成一组的骑兵队伍，单枪匹马不易战胜它。对“拐子马”岳飞已早有准备。他下令把布置好的大队步兵调过来，这些步兵低着头，一手拿着盾牌，一手拿着锋利的大刀，冲上去专砍马腿。“拐子马”虽然厉害，但挡不住大队步兵锋利的大刀，只要有一匹马腿被砍断或砍伤，三匹马就无法动弹，“拐子马”就失去了战斗力，其它的马也容易阻在一起。这样金兀术的一万五千匹“拐子马”被杀得片甲不留。旋即又在颍昌击败金兵十二万，所向披靡，打得金兵闻声丧胆，望风逃遁，惊呼“撼山易，撼岳家军难”！此时两河义军纷纷响应，自燕京以南，金人号令不行。金兀术惊慌失措，仓皇逃回汴京。他悲痛已极，说：“我自海上起兵，取胜全靠‘拐子马’，现在全完了！”（1141）秋，岳飞又大败金兵，乘胜追击，直抵距北宋京都汴京 46 里的朱仙镇，就在金兵准备渡黄河向北逃窜，岳飞一举可收复汴京乘胜北进，直捣金兵老巢时，金人奸细，南宋内奸宰相秦桧和宋高宗赵构怕岳飞“从头收拾旧山河”，徽、钦二宗还朝，自己失去了权势，一心求和，一天下了十二道金牌，要岳飞撤兵，班师回南宋临安（今杭州）。岳飞痛心已极，激愤地说：“十年之力，废于一旦”！

中原百姓听到要岳飞班师回朝，拦住马头痛诉：“我等戴香盆，运粮草，迎接官兵。今将军班师一去，金人来了我们死无葬身之地了。”岳飞拿出班师的诏书流着泪说：“有朝廷诏令，我不得擅自留下！”百姓痛哭，声震四野。为了使百姓安全撤离，岳飞又驻留了五天。岳飞起程的那天，随岳飞南去的百姓络绎不绝。

回朝后，秦桧将岳飞下狱。为了答应金人提出的“必杀飞，始可和”的条件，绍兴十一年（1141）农历腊月二十九日，以“莫须有”罪名，将岳飞残害在杭州大理寺风波亭。一代功勋卓著的抗金民族英雄，年仅三十九岁的岳飞惨死在奸佞秦桧手下。屡立战功的岳飞义子岳云及部将张宪也均遭秦桧杀害。

岳飞对国对民赤胆忠心。他精于韬略，用兵神算，治军严明，身先士卒，一生作战一百二十多次，常以少胜多，未曾败北。他不爱财，不惜命，不居功，避荣宠，生活简朴，对上刚正不阿，待下亲如兄弟……史传评论他兼有韩（韩信）、彭（彭越）、绛（周勃）、灌（灌婴）诸将之采，诸葛孔明之风。自西汉以来，文武全器，仁智并施如岳飞者，“一代岂多见哉”！

宋孝宗时，岳飞被谥为武穆，宁宗时被追封为鄂王。岳飞死后的近900年来人们纪念他，不知有多少文人墨客写出了悼念岳飞的诗文。

岳飞在抗金期间，曾三次收复淮宁（淮阳），多次从金人的铁蹄下拯救出中原人民。为了表彰岳飞抗金之功和中原人民对岳飞的怀念拜谒，明代淮阳人民在此修建岳飞观。现有正殿、卷棚各三间。

卷棚前檐立有“浩气长存”的匾额。正殿檐两柱上书：“人心愤慨抗敌何辜百代丰功谁能没，巨奸弄权爱国治罪千古奇冤莫须有”的楹联。殿中央塑有手握宝剑，威风凛凛，浓眉紧锁，抬头远望的岳飞像，好像在长吟“怒发冲冠，壮怀激烈”的《满江红》。岳飞像上面高悬“还我河山”的匾额。正殿两侧墙上有壁画，概括了岳飞的生平。殿内外一幅幅匾额，楹联使岳飞观的气氛显得更加肃穆、庄重。

【注】以上《淮阳古韵》发表在2010年《中原文史》第1期上。

感 悟

（格言五百三十八条）

格言简明而蕴含哲理寓意深长，是人在人生的体验和理解中得出的结晶，是对人生的感悟。她像一颗颗珍贵的宝石，闪耀着奇异的光彩。

一句话能使人懂得一个道理；一句话能使人从中总结出人生经验或教训；一句话能使人从中懂得做人的基本准则；一句话能使人在迷雾中找到前进的方向；一句话可能成为人生正确的路标和航线；一句话可能使人远离灾祸，转危为安，趋向幸福；一句话可能成为人奋发向上，获得成功的动力；一句话可能成为人一生光辉的转折点；一句话能使人懂得什么是真挚的爱情，知道什么是真正的幸福……

本书作者在工作、学习和社会生活时，在与多种人物相处交往，对多种事情应对处理中，写出了包括教育、学习·知识·智慧、人才、文艺、道德、荣辱、金钱、为官·廉洁、时间、机遇、人生·价值、交际·友谊、战争·和平、科学·发展、改革·创新、人和自然、经营、爱情、婚姻、家庭、健康、幸福等二十多个方面五百余条人生感悟。不知您是否有同感？这些感悟不知对您的人生能否有帮助？……

教 育

格言是富含哲理，寓意深长，给人启迪与教诲之言。

教育是人类的希望。

教育是立国之基。

良好的教育是民族和国家兴旺发达的根本途径。

教育先进的民族是发达强盛的民族。

国家的教育宗旨是提高全民族的综合素质。

学校是人才的摇篮。

教师是学生的典范，求知的带路人。

教师是阶梯，使学生拾级攀登科学高峰。

教师的成就和光荣是学生成才。

良好的教育是人事业成功的基础。

一句话或一件事的启示，可能成为一个人一生光辉的转折点。

缺乏思想道德教育的国家和民族必然犯罪率增高，问题成堆。

只重视智力的教育不是全面的教育。德、智、体全面发展，德行教育尤其重要。

对人，思想教育不是万能，但不进行思想教育万万不能。

不能忽视对人的思想教育。一些人，对对与错，美与丑，荣与辱，善与恶混淆了，甚至颠倒了，所以做错事。

花盆里长不成大树，马厩里跑不出千里马。

温室里的兰花经不起霜打，寒冬里的梅花能笑迎风雪。

缺乏教养的人难成大器。

给子女留下钱财而不留下德才是莫大的缺憾。

科技扶贫比财物扶贫更为重要。

学习·知识·智慧

悟性是人生的重要支柱。

知识是人们在改造自然和改造社会中所获得的认识和经验。智慧是人理解辨析判断事物，解决问题，发明创造等的能力。

知识和智慧是世间最强大的力量。

知识和智慧是做好一切事业的基础。

一切劳动成果，都是人们知识和智慧的结晶。

知识是智慧的源泉，聚知识成智慧。

知识是人们忠实的良师益友。

知识是人生辨别真、善、美与假、恶、丑的明镜。

知识和智慧是取之不尽，用之不竭的财富。

书是人生导师，传家之宝，不能散失。

读书能知晓古今中外。

读书方知天地宽。

学而知不足。读书越多越谦虚，使人孜孜不倦，不断进取。

通过不断学习，可以提高人的认识、分析、理解问题的能力，应变能力，处理问题的能力。

读书能使人博采众长，从书中汲取精华，丰富知识，提高语言表达能力和写作能力。

读书可使人知道什么是对与错、美与丑、荣与辱、善与恶，知道怎么做人。

读书能陶冶人的情操，提高人的道德修养，文化素养和品位。

读书能使人明白事理，谦恭儒雅，文质彬彬，说话得体，有着绅士淑女的气质和风度。

读书能使人从书中吸取经验教训、给人以启迪和教诲，懂得怎样处事。

徜徉在书海，陶醉于华章，是一种精神享受。

读书能开阔视野，了解大千世界，芸芸众生的社会生活状况，了解各色人等的性格、品质、思想灵魂，了解当时社会的本质。

世上最可怕的是无知，国家无知要亡，民族无知要衰，人无知要蠢。

无知难成大业。

无知是人生的悲哀。

登高可览秀，下海可拣贝。

读四年校园大学可获得较高的文凭；读终生人生大学可获得较高的水平。

多读书学习有益于人生，不然人就有可能成为一个庸人，一个傻子，一个无赖，甚至一个罪犯。

要想不被淘汰，就要经常学习与时俱进。

大学问者，往往青少年时期就广读博学。

人蠢是不学习的缘故。

不刻苦学习的人知识浅，不经过磨炼的人智谋短。

笨人常学习可变聪明，天才不学习也会愚蠢。

跳进不学无术的浅水能将人淹没；跳进知识智慧的海洋能将人推上浪尖。

人和其他动物的主要区别是，人有较多的知识，较高的智慧和理智。

无知识的人，犹如一面大鼓，腹中越空，响声越大；有知识的人，犹如向日葵，籽粒结得越多，越饱满，越谦虚地低着头。

自满是愚蠢的表现，虚心是进步的开端。

读书学习是为了用，不能成为只读不用的书呆子。

古物存放增值，知识不用贬值。

学习历史的主要目的是以史为鉴做好现在的事情。

人对世上未知的要比已知的多得多。

知识，知识，不知不识。

学问，学问，不会就学，不懂就问。

学是吸取，习是实践。只有学习才有创造，有发展，有进步。

博学多才。

海的水多，是因为汇集了百川之流；人的才多，是因为博学了众多知识。

汲取百家知识，博采众人之长者圣。

人 才

有德为君子，有才为能人，德才兼备为贤人。

得贤才者得天下。

对知识和知识分子重视的国家是很有发展前途的国家。

哪个国家拥有的科技人才多，哪个国家就发达强盛。

于国，忠必用，功必扬，过必纠。

富有贫寒，外客内亲，只要有德有才，为国为民同样任用。

不论出身贵贱，唯才是举，才能成就大业。

搜尽天下贤才，任用天下贤才，则国家之大幸，人民之大幸。

贤才是国家栋梁，用之则国厦擎起；奸佞是国家蛀虫，不除则国厦倾圮。

德者扬，能者上，奸者锄，则天下安，国家兴。

举贤任能者可敬，妒贤嫉能者可恶。

弃贤才是大误，害贤才是大恶。

骏驹遇到伯乐为千里马，遇到农妇为拉磨驴。

人生困难和坎坷并非全是坏事，它可以磨炼人，增长人的才干和本领，所以有时磨难也是金。

做出伟大业绩的人物往往青少年时期就有雄心大志。

时势造英雄，大格局成就大事业。

梅花，昙花都为人间增添了美丽；松柏，小草同为世上增添了春色。

人各有所长，只要发挥得好就能成为人才。

用人之长。

文　艺

文学艺术是人们生活中的鲜花，是从人们生活中提炼出来的精华。

一个民族的文学艺术是一个民族精神灵魂的反映。

文学艺术是对美好生活的向往追求和表现。

诗是诗人从灵魂深处发出来的倾诉和呐喊。

文艺作品往往是作者心声的表达和心迹的写照。

文学的主流随着时代的脉搏在跳动。

作家像画家。每个时代的文学作品是反映当时社会生活的画面，人们通过这些画面可以对当时社会有所观察了解和认识，并从中汲取和借鉴有益的东西。

文学艺术能容纳绚丽多彩，波澜壮阔的大千世界。

用1、2、3、4、5、6、7七个音符能谱出无穷美妙动听的乐曲；用赤、橙、黄、绿、蓝、靛、紫七种颜色能绘出无尽绚丽多彩的画卷。

乐曲是喜、怒、哀、乐的表现者，也是人们精神灵魂的统治者。它能唤起人们起来奋斗，也能麻醉人平庸虚度。谁掌握了它，它就为谁服务。

文学艺术具有对人们精神灵魂撼动的伟大力量。

文学艺术是人类宝贵的精神财富。

好的文学艺术是人们不可或缺的精神营养。

文学艺术应是人们良好的精神营养，而不应成为损害人们灵魂的毒素。

如果没有了文学艺术，世界将沉寂得使人感到窒息。

用儿童的天真，儿童的纯真，儿童的心理，儿童的趣味，儿童的语言写出的文章，为儿童文学。

神韵是绘画雕塑的生命，神韵出则活。

文学艺术的作者应是历史的记者，真理的坚持者，事实的代言人，劳动创造和人民英雄的歌颂者，揭露和鞭挞社会丑恶现象的勇士。

在大山里，有人被宝石绊倒而不知道那是什么东西。而识宝专家一眼便能知道那是个宝物，并经过细致雕琢，使其成为美玉精品。作家的特性之一，就是有慧眼识宝的能力，往往把别人视而不见的社会现象，典型的人和事通过艺术构思，进行细致“雕琢”，使其成为文学精品。

文学艺术创作，作者的知识、阅历和天赋是根，艰苦劳动是茎，作品是果。

灵感要及时抓住，不然走失了就难以寻回。

小说的故事梗概就像一个人的骨架，作者只有通过丰富的想象，给予她丰富的肌肉，血脉，神经和漂亮的容貌，才能使她成为鲜活美丽可爱的人。

说话或写文章要力求准确地表达出所要表达的意思，使听者或读者明白，不产生误解和歧义。

文学艺术作品达到无法再修改时，才有可能达到炉火纯青的程度。

文学艺术作品是给人民大众看的。人民大众是最聪明最智慧最有判断力的，文学艺术作品的优劣应由人民说了算。

优秀的文学艺术永世流芳和人类共存。

道 德

有道德是灵魂健康的反映，是人格高尚的重要标志。

道德是衡量人格高低的标准尺度。

再美美不过美德。

德高能服众。

啥都有，别有歹心；啥都缺，别缺德。

缺乏道德和理智的人无异于禽兽。

以揭别人的短处缺陷而取乐是卑劣的行为。

卑劣无能的小人，才嫉贤妒能。

贪财者爱钱，贪生者惜命。

小人得志，不可一世。

世间最可恶的是无中生有的诽谤和陷害。

谎言是哈哈镜，能使正人君子走样变形。

谗言是杀人不见血的刀子。

贪得无厌的人心是黑的，对谁都坑害。

一个无道德的人如同魔鬼，什么见不得人的伤天害理的丑恶之事都能做得出来。

智慧和良知结合在一起造福于人民；知识和邪恶扭在一起祸害社会。

寡廉鲜耻的人决没有美德。

无道德的人决成不了圣贤。

人的自然美，心灵美，比修饰的美，美。

外表美而心灵丑恶的人得不到别人的爱慕。

一个品质恶劣，道德败坏，无恶不作的人，定要成为众矢之的。

看了动物世界觉得“人之初，性本善”此话可疑。

积善成大德，积恶成大祸。

钱财多只能说明富有，品格高才显得尊贵。

即使有钱有势也要善待百姓，不可骄横霸道，为非作歹。

走上霸道便是走上绝道。

君子明，情操高尚，为国为民奉献才智；小人阴，卑鄙下劣，为私为己损国害人。

树以根为本，无根则不活；人以德为本，无德则不立。

谦恭儒雅是修养，诚信友善是美德。

藕甘愿默默无闻地在泥下将花托出水面，给人间增添美丽。

荣　辱

国兴我荣，国衰我耻。

人生最大的荣幸是为国为民作出贡献。

为，为众生则荣；为，为自己则耻。

知廉耻者，自重；知荣辱者，自尊。

知耻辱，耻辱远离你；不知耻辱，耻辱跟随你。

为己，过分看重荣誉的人，荣誉并非重；为民，勤劳实干的人，荣誉并非轻。

名不副实的荣誉是一种耻辱。

悲喜不过，心宽似海；荣辱不惊，胸阔如天。

有成绩时要低下头来，遇挫折时要抬起头来。

视荣耀如过眼烟云。

即使在鲜花和掌声中，也不能忘乎所以。

莫让荣誉的光环耀花了眼找不到前进的路。

要让荣誉的光环照亮前进的路，不能成为套在脖子上的沉重项链。

把荣誉放在脚下，则成为向上攀登的阶梯；把荣誉背在背上，则成为向下坠滑的包袱。

荣辱自己造就，功过众人评说。

金　钱

无钱难生存，君子用钱取之正道。

聪明人用钱造福，愚蠢人用钱造罪。

金钱可使人变成济世的神仙，也可使人变成吃人的魔鬼。

金钱是天使，可以把你领上天堂；金钱是魔鬼，可以把你引进地狱。

没钱能难倒好汉，有钱能栽倒恶汉。

如果人人都为了钱，一切都为了钱，那么这个世界就会变得暗淡无光。

金钱当道，真理和正义便无法通行。

贪得无厌的人，想把世上的一切都据为己有；唯利是图的人，什么丑恶之事都能做得出来。

从歪门邪道里出来的钱都带有腥臭味。

只看见钱便什么也看不见了的人，最容易掉下悬崖深渊。

一头钻进钱眼里而无道的人，不值一文钱。

假若金钱和寿命可以兑换，那么有人会拿金钱去延长寿命，也有人会以缩短寿命去换钱。

为官·廉洁

伟大的人物，有伟大的思想，伟大的品格，伟大的作为。

一心为公为民的官员，百姓有苦有难会寝食不安。

地方官要搞好地方治安，安抚一方百姓，使一方百姓安居乐业。发展生产，造福一方百姓。

要让百姓多流露笑容，莫流泪。

月亮，从不贪心，把太阳给她的光亮洒向人间。

要学春蚕吐丝，为人民送温暖；要学蜘蛛结网，为百姓除虫害。

种下果树的种子，为众人结出甜蜜。

德能修身，俭能养廉。

无云日月明，身正天地宽。

人民是杆秤，能称出当官的轻重。

清正廉洁流芳千古，贪污腐败遗臭万年。

造福于人民的，万人仰颂；祸害百姓的，万人唾弃。

心中装满百姓，留得世世英名；胸中装满金钱，落得代代骂名。

为官，清正廉洁，亮一方蓝天；贪污腐败，害一方百姓。

龙卷风吹倒房屋，腐败风吹倒贪官。

英明者用人才，庸俗者用奴才，邪恶者用奸才。

任人唯亲，任人唯钱是腐败的用人现象。

善权术，正人君子为足智多谋，奸邪小人为诡计多端。

得民心者得天下，无视人民者必败。

为人民做出重大贡献的伟人英雄与日月同辉，与人民共存。

时 间

什么最长？是时间。它无始无终，在世上万物还没有的时候，时间就有了；在世上万物毁灭消逝后，时间还会延续。

时间是珍贵的，又是无情的。它总是严肃认真地迈着步伐走自己的路，并不会因为你留恋它而停下脚步等候你。

没有谁能够把时间挽留、收藏和储存。

时间最慷慨，无偿赐给人；时间最吝啬，逝去的时间不再给你一分一秒。

时间是一次性消费，不可重复使用。

鲜花不常开，青春不常在。

年年岁岁花重开，岁岁年年不再回。

失掉的物品有可能找回，失掉的时间绝不可能找回。

花谢有重开日，草枯有春荣时，而人的生命之逝却永无返回。

再多的金钱买不到逝去的时间。

以前和未来都不能把握，要利用好现在的时时刻刻。

志者惜时如金，庸者弃时如毛。

志者叹时短，无聊恨天长。

时间对富翁、乞丐、国王、庶民一视同仁，公平对待。珍惜时间，充分利用时间勤劳的人硕果累累；浪费时间，虚度光阴懒惰的人两手空空。

一个善于弹奏时间音符的人，他的一生定是一部美妙的乐曲。

今日有事今日做，切忌“来日方长”。因“来日方长”误了很多事。

蹉跎岁月，浪费时间，等于缩短自己的生命。

机 遇

机遇是通向光辉殿堂的路。

机遇爱才。

机遇往往稍纵即逝，要即时抓住，不然就会远走，驷马难追。

失之交臂的良好机遇往往不会再光顾。

如果放弃一次好的机遇就是毁掉了自己良好的前程，等于生命的贬值。

坐失良机，后悔莫及。

一旦失去良好的机遇会遗憾终生。

你错过了昨天，可不能再错过了今天。

人生·价值

人生观是人生行为的统帅。

不同的人生观，对对与错、好与坏、美与丑、荣与辱有着不同的标准。

赶上社会发展的为进步，赶不上社会发展的为落后。

海能纳百川，是因为它胸怀宽阔并谦虚地将自己放于最低的位置。

无愧于前人，无愧于今人，无愧于后人。

人，不应该只求物质生活，而应该追求更高的精神生活。

人生价值的大小与人生对人类社会贡献的多少成正比。

科技人员、工人、农民等劳动者是社会物资财富与精神财富的创造者，是推动历史向前发展的动力。那些不付出劳动而生活的享受者（不包括老幼病残人）是社会的寄生者。

对人类做出重大贡献的人的英名，与人类的寿命同样长。

历史的大浪淘尽了尘沙，留下的便是金子。

人，最难的是生存，最可怕的是无知。

三口才能品尝出人生真滋味。

人生道路多坎坷，要看清前头的路。

要看一看自己所走的路是通向天堂还是地狱。

大自然给每个人同样的出生权利，但每个人的路自己走，每个人的历史自己写。

每个人都是社会大舞台上的演员，演什么角色由自己定。

人生如戏，但不是儿戏。

人生如戏，但没有彩排。

成也自己，败也自己。

人人都是画家，有的人将人生画得绚丽多彩，有的人将人生涂得一片乌黑。

聪明人建造天堂，愚蠢人挖掘地狱。

先学做人，后学做事。

诚信是立身之本。

学好，如逆水行舟；学坏，如顺水推船。

背着太阳走路，阴影总在前头；向着太阳走路，前途一片光明。

要学青竹高风亮节，要学翠柏挺起身梁。

不迷信别人；不鄙视别人；不吹捧别人；不谣谤别人；不乞怜别人；不收买别人。

强不屈，弱不欺，童不哄，老不骗。

救人之危，不乘人之危。

不可助纣为虐。

为长辈无私尽孝，为下代无私尽责。

父母死后干号啕，不如父母生前多尽孝。

害人之心不可有，防人之心不可无。

在有的情况下，当矛盾冲突时让一下会风平浪静，退一步会海阔天空。

走路小心谨慎的人不易栽大跟头；处世谦恭友善的人不易有大祸害。

小心无大差，粗心大意往往酿成大错和惨重损失。

做事三思少差错，遇事一忍可平安。

做事三思而后行，因为世上没有卖后悔药的。

做事应防坏的结果出现，往好的结果努力。

情况是在不断发展变化的，处事也应灵活。具体情况具体对待，不同问题不同解决。

头脑复杂，做事简单；头脑简单，做事复杂。

不切合实际达不到的欲望与痛苦相伴。

没有奢望少烦恼，历尽艰辛不怕苦。

登山观峻岭，立礁观沧海，笑脸对人生。

泰然处世。

一个人总是把过去那些不愉快的事情显现在脑子里，那将无法生存。

消除痛苦和烦恼的最好办法是忘却。

用微笑拂去不幸和痛苦，用欢乐伴随一生。

大事小事，一笑了之。

谁不认真做事，游戏人生，谁无所收获；谁怕苦怕难，谁一事无成。

自卑和失去信心，是人生道路上最大的障碍。

当一个人精神压力达到难以承受时或痛苦愤怒到极点时，往往会失去理智。

轻信往往会造成人生重大失误。

轻率地做事，往往给自己带来沉重的代价。

自命不凡，自吹自擂，是浅薄的表现。

狂妄是愚蠢的表现，骄横是无知的反映。

智者谦恭，狂者自大。

说自己醉了的人并非真的醉；说自己清醒的人未必真的醒。

不能跟着疯子扬黄土。

鲁莽冲动是魔鬼，驱使着人去闯祸。

让魔鬼当向导，会把你带进地狱。

不走正道，定走绝道。

一个人成为罪犯，有时是因为一念之差。

一步之差能掉进深渊；一念之差能造成终生悔恨。

不能一头撞在南墙上才惊醒。

多问问别人，不易走错路。

常言说“禀性难移”。战胜自己的缺点和错误需要有坚定的决心和坚强的行动。

不能听天由命，只有与厄运抗争，才能走出困境。

困难是人生黑夜，勇于克服才有光辉的黎明。

不能因为有了迷雾就认为没有了光明，需知迷雾最终要散去，太阳还会出来的。

闻到梅花香，春天就不会太远了。

春风关不住，路旁花自开。

山穷水尽疑无路时，其实还有许多条路，问题是你还没有找到路。

天无绝人之路，地上的路四通八达。

狡诈、欺骗、投机能得逞一时，不能得逞一世。

嫉贤妒能，刁钻谗佞，尖酸刻薄，以强凌弱可恶。

媚势欺弱，小人也。

把精力用在吹嘘自己欺骗别人上并不是精明的人。

不知错、不认错、不改错的人是无可救药的人。

连父母都不孝的自私无德之人，怎能指望他（她）爱国为民呢？

一个人最终要为自己的行为负责。

人的厄祸，有的是人为造成的。

种瓜得瓜，作恶得祸。

行善的未必都得善，作恶多了必获恶果。

心底不平，经常算计陷害别人的人，最终他本身也不会平，恶有恶报。

吃、喝、嫖、赌、吸，终没好结果。

谦和公正日日心安，歪门邪道夜夜难眠。

好人背后有人祝福，恶人当面有人咒骂。

好人一生平安，恶人终无好果。

造福天下的，流芳千古；祸国殃民的，遗臭万年。

谁想遗臭万年，谁就犯天下大不韪。

理想是人希望实现的光辉壮丽的目标。

没有伟大的理想，就不可能有伟大的行动，也不可能有伟大的业绩。

一种思想信念成为某人的人生信条，那么他将会为此坚守一生，奋斗一生。

花鲜艳芬芳，是为了实现结出精华（果实）的“理想”。

没有理想的人，注定是无为的人。

一个人没有了理想、希望、信仰等精神支柱，就像没有了骨架，站立不起来。

绝望的人一蹶不振，有望的人犹如重生。

不切合实际，不能实现的想便是空想。

想和结果中间不能画等号，只有切合实际的想再加上百倍的努力奋斗才能有结果。

没有辛勤的耕耘，就不可能有收获；没有艰苦奋斗，就不可能有幸福。

即使天分高的人，不努力学习奋斗事业也难成。

不怕天，不怕地，就怕自己不争气。

光有理想不行动，好像耕地不播种。

只有理想不去干，理想只有在梦中实现。

只在山下仰望，永远到达不了山顶。

美梦做一万次，不如实际干一次。

与其羡慕别人成功的快乐，不如自己踏踏实实地奋斗。

行走着比躺着要到达目的地的人聪明。

成于勤，毁于惰。

多流汗水，少流泪水。

勤奋的人将理想变成现实，空谈的人将理想变成泡影。

幸福与勤奋结伴，贫困与懒惰相随。

幸福从汗水中流淌，贫困从懒惰中招来。

怕苦怕累怕难不会有胜利和成功的喜悦。

不怕吃苦，少吃苦；害怕吃苦，吃苦多。

怕苦的人苦一辈子，勤劳的人幸福一生。

勤奋多思者面前道路多；懦夫懒汉面前尽困难。

懒惰的钥匙打不开幸福的大门。

勤劳动，莫惰懒，一生衣食不缺短。

勤劳之人果实累累，懒惰之人后悔串串。

勤劳的人一生将成果串成美丽的项链。

适者生存。

世上没有一帆风顺，因为风不会总是顺着船的驶向刮。

船在冲风破浪中前行，人在战胜困难中进步。

人生就像波涛滚滚的长河，只有奋力游泳才不被淹没。

靠山，山倒；靠水，水跑；只有靠自己。求天，天不应；求地，地不语；只有求自己。

谁要览山河锦绣，谁就攀上最高峰。

既然人生像流星那样短暂，就应该像流星那样在夜空中留下一道亮丽的光束。

努力奋斗是通向事业成功的必经之路。

通往成功的路上长着的并非都是鲜花，而多是荆棘，只有披荆斩棘，奋勇向前的人，才有可能到达成功的目的地。

成功者的背后，往往有一条血汗泪水而成的泥泞路。

始终顺利的人生很少有，把失败和挫折踩在脚下。

跌倒了站起来，看清路子继续往前走。

山再高，总在攀登者的脚下。

溪流最终能流向大海，是因为它有一种永不回头的精神。

胜利和成功属于那些不畏艰难，不怕失败，顽强拼搏到最后的人。

人的一生中有重要价值的东西，不仅是成功的经验，还有失败的教训。

前人的悲剧之所以在后人身上重演，是因为后人没有从前人的挫折和失败中吸取教训。

有的人跌倒后，要查一查为什么？有的人在同一个地方再次跌倒，仍不知为什么？

不吸取教训的人是愚蠢的人。

不笑老，不笑少，只笑自己；不怨天，不怨地，只怨自己。

贪吃的鱼容易上钩，贪便宜的人容易上当。

轻信往往造成重大损失。

人的聪明有时是从挫折和失败中学到的。

踩着别人的脚印走路省力，借鉴别人的经验教训少受损失。

只踩着别人的脚印走，走不出自己的路。

借鉴别人成功的经验，吸取别人失败的教训来做好自己的事的人是聪明的人。

吃一堑，长一智，是指人们在受到一次挫折或上当受骗后，吸取教训，长一分见识，学一分聪明，避免重犯类似的错误或再次同样上当受骗。但，什么事也不能等到吃一堑后才长一智，因为世事纷繁复杂，恐怕人一生有吃不完的堑。所以不吃一堑也长一智才是聪明之举，才为上策。那就是借鉴别人的经验，吸取别人的教训，遇事多动脑，多警惕，预料和防止危险和灾祸的发生。

秦灭六国，一是求贤，广泛收罗六国人才，爱才，用才。一是励士，士兵以战绩升官、封地、封爵等，以励将士杀敌扩疆。一是谋略，实行远交近攻，将六国各个击破。秦灭，是秦不爱民，失去民心，实行暴政和滥征各种捐税徭役，逼民造反。

回首往事不感到羞愧也是一种幸福。

祝你一生走好。

笑到最后是笑家。

功过是非自有后人定。

交际・友谊

世间最美的花是真诚的友谊之花。

交朋友不论贫富贵贱，只要忠诚善良。

虚怀若谷，八方来客；礼贤下士，九州宾朋。

君子之交纯如水。

松竹梅岁寒三友，贵在患难与共；桃杏李春风一家，贵在志同道合。

不但能同富贵，而且能共患难才是真正的朋友。

人，落难时识朋友，得势时见小人。

真正的朋友是相互在跌倒时扶起来，在临近悬崖深渊时紧紧抓住不放的人。

危困时，无条件无代价帮助你的人，是你真正的朋友。

朋友是在相互真诚的帮助中结交的，而不是从恭维话中听出来的，礼品中送出来的，酒杯中端出来的。

酒宴上的酒并非都是好酒，甜言的吹捧并非都是好话。

当面吹捧你的话不一定是好话；当面忠告你的语不一定是恶语。

当你得志时对你唱赞歌，拥戴你的人，在你失势时，有的人可能仍然是你的朋友，有的人可能会背弃你，咒骂你，踹蹭你，甚至对你落井下石。

用钱财建立起来的友谊，犹如纸糊的灯笼，外表看上去漂亮，但经不起风吹雨打。

夸夸其谈的人往往没有多大本事。

言过其实，爱吹大话的人不可轻信。

自己不可能做到的事不可轻易向别人许诺，以免误人之事。别人轻许的诺言不可轻信，重要的是看其诺言是否兑现。

善意的谎言，可能对某人某事是有益的，但谎言不能随便说。

假的说得多了，有时也容易使人信以为真。但，最终假的真不了。

真诚是连接友谊的纽带，欺诈是斩断友谊的利剑。

欺骗别人被识破后，就很难再得到别人的信任。

不孝，不善之人不可交。

奸诈无友。

投给小鸟一把米，它会对你歌唱；投给恶狼一只鸡，它却盯着你的羔羊。

大灰狼曾向羊表示愿做羊真诚的朋友；黄鼠狼曾向鸡表示要给鸡拜年。

对心术不正的奸诈之人，不能讲诚信。

君子之交重于义，小人之交重于利。

我为我，天下人为我，不讲道德，背信弃义，不顾品格，不择手段，损人利己，有奶便是娘是小人的特性。

君子，人落井搭救；小人，人落井下石。

近君子，远小人。君子能把你带到鲜花烂漫的原野；小人可把你引进污泥浊水的深渊。

善待小鸟，小鸟为你歌唱；善待蜜蜂，蜜蜂给你甜蜜。

当你把别人送到鲜花盛开的原野，自己也到了花的海洋；当你把别人推上了悬崖，自己也临近了深渊。

相争不足双为丑，相让有余两为宽。

只有相互献出真诚之心，友谊之花才会开得芬芳绚丽。

战争·和平

和平是生存和发展的基础。

人类需要和平，永远不需要战争。

相互关爱，谦让，帮助，和谐共生是人类理想美好的和平社会。

世界各国人民最痛恨为了自己的利益而发动侵略战争的人。

武装斗争产生于政治斗争和经济斗争，是政治斗争和经济斗争的发展和继续，是政治斗争和经济斗争的最高形式和极端表现。

国不安，民不宁，百业废，万事休。反侵略，使国家领土完整，边陲安宁；反分裂，使国家统一的战争是必须的，一定的。

人与人斗争的主要手段，一是谋略，二是武攻。

万恶源于自私。

战争的总根源是自私，消除战争的方法是大公。

各国、各民族人民的愿望都是和平友好的。

中华民族从来就不缺少爱国志士，在国家危难之时，曾出现千千万万为国赴难，拯救人民的英雄！

强盗往往会把自己的抢劫说成是光明正大的行为；恶棍往往会把自己说成是正人君子；杀人恶魔往往会把自己说成是大慈善家；战争罪犯往往会把自己的烧杀抢掠说成是保卫和平的壮举。

一切自私、争斗、倾轧都是禽兽野性的表现，而不是人类高度文明的体现。

战争有侵略战争和被迫反侵略的正义战争。

兵不在多而在精，将不在猛而在谋。

不战而屈人之兵，使敌为友为上策。

发达之国、大国，应带着世界各国走和平发展共同富裕的道路。

和谐双美，争斗两伤。战争给双方人民都带来深重的灾难。

战争的结果是双败皆输。无一方绝对全赢之家。

要相信，人们的正义感和良心不会泯灭。

要吸取农夫死于蛇口，项羽败于刘邦的教训，对敌不能讲诚信。

兵不厌诈，诚不与敌。

兵，练时多流汗，战时少流血。

一人一杯水，可汇成江河；一人一块石，能堆成高山。

沙粒、石子、钢筋、水泥、水有机地结合能筑起摩天大楼；科技工作者、工、农、商、学、兵等社会各界团结奋斗能建立世界强国。

霸招怨，弱招欺，和招安。

以和为贵。家庭和兴旺，国家和昌盛，世界和太平。

只有人人无侵害他人，贪占掠夺他人财物的私欲，为人类献出爱心，和平的鲜花才能绽满人间。

科学·发展

后代胜于前代社会才会进步。

科学技术是推动社会向前发展的重要动力。

发展科技是人类通向幸福的必经之路。

走在前头有危险，但社会要发展必须有人走在前头。

科学工作者在崎岖坎坷的科学领域中披荆斩棘，艰辛地为人类探索开辟幸福之路。

科学工作者是踩着一个个失败的台阶登上成功的顶峰的。

后人的平坦光明大道是前人用失败到成功铺成的。

科学家们科学成就取得的重要原因是，在失败面前不言败，在荣誉面前不说荣。

一切违背科学的东西最终要被科学击碎。

社会在发展，事物在变化，必须与时俱进。

每一代人好像运动场上接力赛跑的运动员，只有代代人都奋力向前奔才可能跑在前边。

前人给后人留下的只有经验教训，不朽的业绩，科学技术和文化艺术精品，其他都被历史的大浪淘尽。

改革·创新

人类社会是在人们对现实不满的改进中向前发展的。

改革是兴利除弊。人们的生活只有在兴利除弊的社会改革进步中才能越来越幸福美满。

改革不是把以前的东西都抛弃。前人成功的经验，科学技术，优良传统和优秀的文化艺术成果还是要珍惜爱护，借鉴利用，发扬光大的。改革是改掉革除阻碍生产力发展和社会文明进步的陈旧腐败之弊。

新生的事物往往有较强的生命力，有的对社会有一定的促进作用，对人们有一定的益处。但新生的东西不一定都是好的，对人们及社会有害的东西也有新生的时候。流行的东西很风靡，人们争相效仿。但流行的东西不一定都是有益的，封建社会妇女裹脚的风俗也很流行。新生的和流行的事物好与坏，用对社会和人们是有益还是有害来作判断，有益的可以发扬光大，有害的必须革除。

人和自然

地球好像宇宙中的一粒尘埃。

一切动植物的生存能力和规律，都是在千万年的大自然中形成的。

在自然界中，不只是人有知识智慧，其他动物和植物也有知识（感知）智慧。

经人年复一年培植的作物种子，隔年种植就大多失去了发芽生长的能力。草籽、莲子虽经多年埋没，一旦生长条件适宜，便会萌芽生长，是逆境培养和增强了它生存的能力。

地球上的任何生物，只要达到其生长条件，就会快速地繁殖生长，来占领其他生物生存的区域或空间。

花是生命之源。

花是美的使者。

芬芳纯真的玫瑰；沉静俊秀的芍药；出淤泥而不染，濯清涟而不妖，洁身自爱的荷花；热情豪放的大理花；热情大方，雍容华贵的牡丹；娇艳明丽的美人蕉；芳香四溢，清高名贵的兰花；清秀文雅的冷美人菊花；冰雪中含笑吐艳的梅花；经过漫长艰苦努力才博得一放的昙花……她们都装扮了大自然，给人间带来了美丽。

鸟类既帮助我们除害，又为我们的生活歌唱，是我们的朋友。我们要善待鸟类。

农药的使用，锻炼了敌人，伤害了朋友。

大自然是万物生灵之母，我们要加倍爱护她。

少污染一滴水，人类将少流一滴泪水；少排放一筒废气，人类将多留一口新鲜空气。

我们没有任何权利破坏祖辈留给我们的，又是我们留给后代的生存环境。

我们不能盲目无限的圈地扩建，要为我们的后代多留一些生存空间和维持生存的耕地。

保护和拯救濒临灭绝生物是对自然环境保护和人类自我保护的重要举措。但，对有害的，或靠残害灭绝其它生物才能生存的动植物是否也要加以保护值得商榷。如对其它动物凶狠残忍地生吃活撕而生存的动物，倒不如限制它们繁衍发展，或有计划地捕猎其它动物救济灾民，为人服务，使自然生态平衡。如有朝一日老鼠、苍蝇、臭虫、虱子、蚊子、病菌、病毒灭绝时，是否也会有人提出对它们要保护？是保护或灭绝应主要看其对自然和人类社会是有益还是有害。

一切生物从大自然中来，又回归大自然中去。

死去的生命体以另一种生命体的形式在世上复活（生物的生命体死亡后，被其他生物食后或吸收后转化为其他的生命体）。

经 营

好的快速信息给企业生存发展带来良机；正确的决策是企业生存的关键；良好的服务和信誉是企业经营的生命。

人喊人，人不应；货招人，人自来。

再美的假花也引不来蜜蜂。

再精美的包装终要被拆开的。

爱 情

爱情应是男女双方心灵与心灵的相融合。

男女相互梦牵魂绕，日思夜念便是爱情的产生。

世上最珍贵的是相互忠贞的爱情。

爱情是美丽芬芳的鲜花。

爱情是男女双方共同酿造的蜜。

男女双方相互达到最爱慕时，都不想对方有任何伤害。

爱情是温暖的阳光，能使爱情之间的冰融雪消。

爱情能使心灵的荒漠变成绿洲。

爱情应像纯净的湖水，明澈透亮。

失去了纯洁不是真正的爱情。就像眼中揉不进沙子一样，纯洁的爱情搀不进半点虚假。

用金钱买爱情是对爱情的亵渎和辱没。

只为金钱财物而媾合的男女不会有真正的爱情。

用秤称不出爱情的重量。

爱情是男女双方相互无私的付出，付出的越多，爱情的价值越高。

爱情之花只有男女双方共同精心培育和辛勤浇灌，才能开得鲜艳多姿，灿烂美丽。

婚　姻

婚姻的男女双方要相互负责任。

婚姻不是儿戏，要审慎。错了，痛苦终生难消。

同床异梦是婚姻裂变的重要因素。

男女双方情投意合，相互忠贞关爱，无私奉献，婚姻才能幸福美满，天长地久。

夫妻如同鸟儿的双翅，只有双方相互协调一致，共同努力奋飞，才能飞上阳光明媚的爱情蓝天。

家　庭

亲情，爱情都需要真情的呵护。

蜜甜，甜在舌尖，甜得一时；真实的亲情，忠贞的爱情，甜在心里，甜得久远。

纵有万贯家财，家庭不和也不算幸福。

挣钱如积水蓄流，花钱如开闸决堤。

成家子视钱如宝，败家子视钱如草。

不能千日打柴一日烧。

纵然千般富，奢侈也会穷。

奢侈浪费是罪孽。

浪费是极大的犯罪，因为任何产品都是经过千万人的劳动才得来的。

有些东西往往拥有时并不珍惜，而当失去了并不可能再拥有时才感到非常惋惜。

失去了回忆拥有时的幸福，是人生的痛苦。

要有时想无时，莫无时想有时。

光增收，不节约，好像买个没底锅。

开源节流是家庭富裕的重要途径。

勤劳是幸福的左手，节约是幸福的右手。

家有万贯，不如平平安安。

健　康

健康是指身心都处于非常良好的状态。

健康第一。

健康是福。

健康是干好一切事业的基础。

健康是无价宝，万金难买。

一个有病的国王不如一个健康的百姓幸福。

没有健康万事空，奢谈其他。

自认为健康而无视健康是健康的大敌。

拿健康作赌注，往往会输掉健康的本钱。

人在恐慌和忧心忡忡中身心垮得快。

病到身上方知痛，花钱难买一身安。

防病胜于治病。

预防先行，拒病魔于健康之外。

温室里的花草经不住风吹霜打；山崖上的松柏能迎风抗雪。

机械不用会生锈，人体不动会生病。

体常动，脑常用，少病痛。

体要动，动以强身；心要静，静以养心。

动一动，少病痛；懒一懒，寿命短；愁一愁，白了头；乐一乐，寿延多。

脱离世俗纷争，心净如水。

发展上向上向前看，才能努力奋斗；生活上向下向后看，才能心满意足。

一日三餐知足顿顿吃得好；夜休三尺床知足夜夜睡得香。

世人都晓“神仙”好，是因为“神仙”没有升官、发财、贪色、生老病死的忧愁和烦恼。

长生不老，万寿无疆为奢谈；心平气和，豁达开朗可延年。

童心不老，心宽长寿。

青春不常在，童心可留住。

人，心理状态的年轻就是年轻。

哭也一生，笑也一生。哭不如笑。

但愿人间无病痛。

愿天下人都美丽，都健康。

幸　福

幸福产生于满足。

幸福是人们在物质生活和精神生活上的满足而产生的愉悦感。国家安定，身体健康，生活优裕，家庭和睦，婚姻美满，事业成功，理想实现等都能使人感到幸福。

为国为民为社会实现人生价值是最大的幸福。

愿每一个人都安康幸福。

愿每一个人都笑得灿烂，笑得美丽。

愿美常驻人间。

青　草

到杭州

昔闻杭州景，今至吴山顶。
举目往南视，钱塘帆舟行。
宏桥穿飞架，南北途径通。
扬眉朝北阅，西湖清秀明。
苍树掩楼榭，青山水中影。
廊上遊佳丽，绿波移画艇。
朝阳锦霞映，画师难绘成。

1967 年 3 月 12 日于杭州西湖吴山茶室

春去秋来

春去秋来如飞箭，人生易逝不复返。
光阴时刻是生命，不得平庸度人间。

1967 年 5 月 6 日

送宝轩哥返贵阳

送君西南返贵阳，兄在高原弟在乡。
彼此虽距遥千里，隔山隔水永相往。

1968 年 7 月 22 日

纺织歌二首

一

我和机器一起忙，同为人民献力量。
欢快歌儿随口唱，伴奏乐声隆隆响。

二

车儿速转锭飞旋，梭儿往返穿引线。
织得绫罗三千丈，疑是彩虹落九天。

1971 年 4 月 20 日

观黄河

黄龙横卧怒施威，尾卷积石[①]饮渤水。
昔日岁月昔日债，千年往事千年泪。
古帝禹王曾理治，数逾家门不归回。
浊水滔滔未息更，罪债累累未改悔。
万智众手驯黄氓，长缨束腰裹绿装。
动静由我来安排，清流纵横田间淌。
丰收歌儿遍地传，千里稻谷千里香。
禹王若知黄龙事，定叹今昔不一样！

1972 年 10 月 3 日于开封柳园渡口

【注】①积石：青海省积石山。

托 雁

天苍茫，大江寒，
凭栏托付南去雁。
向远方亲人送平安，
请问伊人几时还？
云天外，
鸿声远……

1975年11月16日

悼周总理

千山俯首泣，万水奏哀乐，
同鸣肺腑声，共悼周英烈。

1976年1月11日

芍药赞

在百花中，
你
不似牡丹雍容，
不似玫瑰招展，
不似大理花豪放，
不似美人蕉娆颜，
不似昙花一现，
……

你
默默发芽，生长，
虽
历经风雨，
历经艰难，
历经挫折，
历经苦寒，
……
却仍开得，
那么的纯洁，
那么的雅娴，
那么的芬芳，

那么的娇艳，
……
且含羞，
笑得那么的美，
那么的甜，
……

2016 年 4 月 16 日

忆秦娥

清秋节，
月华如水长空澈。
长空澈。
仙子①曼舞，玉兔奏瑟。

良辰美景同赏月，
普天擎杯庆新月。
庆新月②。
天上人间，共此欢悦。

2018 年中秋节晚

【注】①仙子：指嫦娥仙子。
②庆新月：庆祝新的幸福年月。

中秋词一

明月不语，
又泻西窗口。
挽断时光留不住，
悄悄溜走。

嗟叹，浮生能有几度秋？
切莫，
醉梦里，
事无成，志空悠。
勿忘，
天地间，
日月西转，江河东流 ……

2020 年中秋节

人间确比天上强

秋风凉，桂花香，
嫦娥月宫巧梳妆。
试问：可曾有心下凡去？
回曰：我与织女牛郎已商量：
如今人世多奇事，神州焕然新景象。
一部手机盛①世界，坐地即可知八方。
楼宇广厦千万间，高速铁路密如网。
蛟龙卧沧海，乘驰碧波上。
……
再也无寒士，再也无饥荒，
众生欢乐奔小康。
河汉寒宫太落寞，不如结伴回故乡②。
人间确比天上强。

2021年农历八月十五日

【注】①盛，在这里念 chéng。
②神话传说中天上的织女嫦娥仙子都曾来人间住过一些年月，可以说人间是她们的故乡。

中秋词二

昨又中秋。
今又中秋。
气清天朗好个秋。
月上高楼。
人上高楼。
满目金色话丰收。
瑶琴声悠。
玉笛声悠。
赏心乐事友聚首。
琼浆飘香。
桂花飘香。
把酒邀月一醉休！

2023 年中秋节

后 记

本书作者曾当过农民、工人、教员、编写等，现将自己平时工作和社会生活中所见所闻所感所悟所想而写成的文字进行整理出版。如果这些文字能于人于社会有用有益的话，那将是对作者的最大慰藉。

由于作者知识、阅历、水平所限，文字中难免有误，请诸位专家、学者、师者、读者给以指正，作者表示诚挚的感谢。并在此向所有关心和支持本书出版的同志、同仁、朋友致以衷心的谢意。

于荣旗

2012 年 5 月